ARCHE

»Ein frisches, wildes Debüt. Wissen wir überhaupt noch, wie man aufhört zu arbeiten?« *The New York Times*

»Hilary Leichter verbindet das Merkwürdige und Existenzielle so, dass es gleichzeitig grauenvoll und hochkomisch ist. Dieses Buch sollten alle lesen, die arbeiten!« *The Washington Post*

»Die US-amerikanische Autorin Hilary Leichter hat einen fantastischen Roman über das Arbeitsleben vorgelegt.« Brigitte Neumann, *Deutschlandfunk Büchermarkt*

»Von welcher Arbeitswelt wird hier erzählt? Von unserer gegenwärtigen, auf herrlich abstruse, kluge und überdrehte Weise. Ein Roman, der im Gedächtnis bleibt.« Felix Müller, *Berliner Morgenpost*

Hilary Leichter, Jahrgang 1985, schrieb bereits für den *New Yorker, The Cut* und zahlreiche weitere Magazine. Leichter unterrichtet Literarisches Schreiben an der Columbia University in New York, wo sie auch studierte, und erhielt zahlreiche Stipendien, unter anderem von der New York Foundation for the Arts und von der Folger Shakespeare Library. *Die Hauptsache* ist ihr erster Roman. Hilary Leichter lebt in Brooklyn, New York.

Gregor Runge, geboren 1981, hat am Deutschen Literaturinstitut Leipzig studiert und lebt in Berlin. Er übersetzt aus dem Englischen und hat u. a. E. M. Forster, Christopher Isherwood und Yrsa Daley-Ward ins Deutsche übertragen.

HILARY LEICHTER

DIE HAUPTSACHE

Roman

Deutsch von Gregor Runge

 A R C H E

Für Mom

Mir schien, wenn sie hier wie eine Nomadin leben konnte,
würde sie nicht fortmüssen.

Marilynne Robinson, *Haus ohne Halt*

EINARBEITUNG

Es gab den Mörder. Es gab das Kind. Es gab das Marketing, das Fundraising, das Business Development. Es gab die Beauftragte für die Spenderliste und die Verantwortliche für das Schreddern der Stammdatenliste. Es gab die Waschmaschine, den Trockner und die Frau, die den Trockner mit Trocknertüchern bestückte. Sie legte sich die Tücher wie einen Schleier auf den Kopf und ließ sie in die Trommel gleiten. Es gab das Zusammenlegen der Socken. Es gab das Abwerfen der Bomben. Es gab die Türen, an denen sie klopfte. Wie viele Personen leben in Ihrem Haushalt? Möchten Sie unser Anliegen unterstützen? Möchten Sie Zitrusfrüchte? Möchten Sie Informationsmaterial? Es gab das Haus mit den geöffneten und den geschlossenen Türen. Es gab die Problemlösungen, die verwaltet werden mussten. Und die Hüterin der Flugblätter, die gab es auch. Es gab die Faktenchecks und die Zauberspruchchecks. Es gab das Lernen im Job und das Lügen im Job. Es gab das Zuspätkommen, das Zufrühkommen und das Pünktlichsein, das gab es auch. Und die Kästchen mit den Briefmarken und den Kalender aus Kork. Und den Block mit den rosa Vordrucken, auf die man schreibt, was passiert ist, was genau und bis ins Letzte, in Abwesenheit deiner Person.

ARBEIT IN DER STADT

Mein Arbeitsleben spielt sich im Kurzformat ab: kurze To-do-Listen, kurze Zeiträume, kurze Röcke. Die Agentur in Uptown ist ein Palast voller pudrig duftender Frauen mit praktischen Schuhen und manikürten Händen, in die ich, so und nicht anders will es die Tradition, meine Erwerbstätigkeit lege. Aus magischen Gelenken walken sie meine Vita zu einer Folge von Gehaltsschecks aus, die ein Leben ergeben. Die Anrufe kommen montags und freitags und flankieren die Woche mit flüchtigen Jobs. Mit der Mechanik eines Räderwerks, unermüdlicher als das Vergehen der Zeit, verleiht die Agentur mein Dasein. Sobald sich erwiesen hat, dass ich diskret und fähig bin, werde ich an diverse Premiumkunden vermittelt. Als Persönliche Assistentin. Als Assistentin für Persönliches. »Nichts ist persönlicher als deine Performance«, habe ich auf dem Weg zur Agentur auf der Verpackung eines Müsliriegels gelesen. Eine Einstellung, zwingend genug, mein Herz und meinen Lebenssinn darauf zu gründen.

Meine festen Freunde sind Unternehmensjünger, Unkündbare, die jeden meiner Jobs als *großartige Gelegenheit* bezeichnen. Ihre Büros statten sie mit originellen Tassen aus, die über Nacht voller schlammiger Kaffeepfützen auf ihren Schreibtischen stehen. Aus dem Kaffeesatz lese ich ihre Zukunft: Mit grauen Haaren werden sie sich an denselben Schreibtischen sitzend eines Tages bürokabinengroße Grabstellen kaufen.

Ich mache mir Sorgen um ihre armen verwaisten Kaffeetassen. Wie traurig und einsam müssen sie sein, so stehen gelassen in ihrem Dreck. Ich mache mir Sorgen, ich könnte das Leben einer dreckigen Kaffeetasse führen. Schrundiger Schimmel, der die Kaffeepfütze bedeckt, ein Lilienblatt auf einem letzten vergessenen Rest.

»Und was ist dein Traumjob?«, fragt mich mein ernster Freund, das Kinn auf die Hand gestützt.

»Schwer zu sagen«, antworte ich.

»Du musst es versuchen!«

Ich besinne mich auf meinen größten Wunsch. An manchen Tagen habe ich das Gefühl, er wird mir erfüllt, aber dann verschwindet das Gefühl wieder, so wie ein Niesreiz manchmal wieder verschwindet. Es heißt, dass sich schon bei den ersten Anzeichen von Entfristung der Herzschlag beschleunigt, einem das Blut in die Wangen schießt. Ich habe sie alle gelesen, die Broschüren und Flugblätter. Manche Aushilfen schwören darauf, dass Schüttelfrost, Pulsrasen und Schweißausbrüche die ersten körperlichen Anzeichen einer nahenden Entfristung sind. Ich habe Angst, die Symptome meiner eigenen Entfristung zu verpassen, sie einfach zu übersehen. Sie nennen es auch: *die Beständigkeit.*

»Wenn man's merkt, dann merkt man's eben«, sagen die vom Glück Begünstigten. »Man kann es nicht erzwingen.«

Manche Aushilfen werden nie entfristet und sterben, noch bevor sie im Leben Fuß gefasst haben.

»Mein Traumjob ist ein Job, der bleibt«, sage ich zu meinem ernsten Freund. »Vielleicht bekomme ich ihn nicht morgen oder über Nacht, aber eines Tages werde ich aufwachen und so sein wie du.«

»Aber Süße, du kannst doch sein, was du willst!« Er streicht mir mit beiden Händen die Haare glatt, die sofort wieder in ihren Ausgangszustand zurückpuffen.

Mein ernster Freund, derjenige, der mit spitzen Fingern

die Spinnen von meinem Teppich zupft und behutsam auf die Fensterbank legt, wohnt nicht bei mir. Keiner meiner Freunde wohnt bei mir, dafür sind ihre Freizeitpullover bei mir eingezogen, pillerige, haarige Wesen in meinem Schrank voller Business-Outfits. Manchmal bringe ich dem falschen Mann den falschen Pullover zurück, aber immer bleibt der Fehler unbemerkt. Was wir miteinander haben, ist nicht von Dauer, und das wissen sie auch. Sie kommen an bestimmten Abenden in der Woche, in bestimmten Wochen im Monat, sie sind eine Aneinanderreihung von offenen Armen, flauschige Papierpüppchen, die sich dem Sonntag entgegenziehen.

Ich habe sie meiner Mutter vorgestellt, aber persönlich begegnet ist sie ihnen, den Leitlinien für befristetes Leben entsprechend, nur ein einziges Mal. Zuvor hatte sie die Fotoziehharmonika begutachtet, die sich aus meinem Portemonnaie bis auf den Küchenboden zog.

»Der hier«, sagte sie, »hat hübsche Augen.«

»Mein Gourmetfreund.«

»Dein Bauch wird immer voll sein. Kluges Mädchen. Und der da?«

»Mein größter Freund.«

»Hm. So groß sieht er gar nicht aus.«

»Er hat nicht ganz aufs Bild gepasst.«

»Hm.«

»Den hier mag ich am liebsten«, sagte ich und ging die Selfies und Passfotos durch. Sie kniff die Augen zusammen und musterte sein komisches Grinsen. »Gibst du mir deinen Segen?«

»Sehe ich etwa wie eine Kupplerin aus?«, fragte sie und feuerte das Foto auf den Tisch. Meine Anspielung auf entfristete Verpartnerung hatte sie enttäuscht.

Im Küchenschrank meiner Mutter standen saubere, leere Tassen. Sie stärkte und bügelte ihre Kleider und brachte ihre Wimpern mit einer Zange in Form. Selbst wenn sie krank war, trug sie ihre Lieblingsohrringe.

»Sei vernünftig«, höre ich sie noch immer sagen. »Erzähl mir von deinen Jobs.«

Meine Ansprechpartnerin in der Agentur heißt Farren. Feuchtigkeitsgepflegt, mit frischem Teint und glänzendem Lipgloss, ist sie der Inbegriff von Selbstbewusstsein und Selbstfürsorge. Ihre Nägel sind stets glitzernd lackiert und blitzen unter weißen Manschetten wie Sternbilder zwischen Wolkenlücken hervor. Dies nun also, denke ich, sind die aus dem Himmel greifenden, mit Formularen und Verträgen hantierenden Hände, die mir ehrliche Arbeit verschaffen werden.

Während unseres ersten Gesprächs kletterte Farren auf ihren Schreibtisch und dirigierte mich in ihren bequemen Stuhl. Der Vorgang erschien mir so seltsam und beunruhigend, als wäre sie an die Decke gekraxelt, um mich in ein System aus Seilen einzuspannen. Ich fragte mich, ob ich einer Prüfung unterzogen wurde. Es fiel mir schwer, nicht einzuschlafen.

»Und? Wie fühlt sich das an?«, fragte sie und schob schwungvoll einen Stoß Papier beiseite, um für ihre Beine Platz zu machen.

»Wow, Farren, das ist ja der Wahnsinn!« Die ergonomische Lehne ihres Stuhls nahm mir jede Nervosität, versetzte mich in Trance, vielleicht beides.

Bin ich eingenickt? Schon möglich.

Denn was danach geschah, kann ich nicht genau sagen. Ein Moment der Ergo-Telepathie vielleicht, eine Gelegenheit für die Agentur, der nackten Mechanik meines Geistes auf den Grund zu gehen. Den geheimen Antrieb zu erkunden, das verborgene Gewinde, das die Taktung meines Humankapitals offenbart. Und dann: ein Schaudern, ein kurzes Unwohlsein, wie in einem Bürostuhl, der sich dreht und etwas zu weit nach hinten kippt. Vielleicht fühlt es sich so an, wenn man Beständigkeit erlangt, dachte ich, während mein hoffnungsvoller Geist durch einen engen Tunnel raste. Ich fühlte meinen Puls, wartete auf eine Melodie, das Klingeln eines Glöckchens oder irgendeinen anderen versteckten Hinweis, dass mir Entfristung gewährt worden war.

War sie aber nicht. Befristete Beschäftigung flutete meine Blutbahn aufs Neue. Altvertraut und flüchtig.

»Alles okay?«, fragte Farren. Sie reichte mir ein Formular, berührte mit kaltem glitzerndem Fingernagel meinen Ellenbogen. Nur der Nagel, nicht der Finger! Ich wusste nicht, ob sie mich trösten oder kratzen wollte.

»Alles bestens. Danke, Farren.«

»Sehr gut! Dieser *Traumjob* darf dir nämlich auf keinen Fall durch die Lappen gehen!«

Auch ich wollte nicht, dass mir Jobs durch die Lappen gingen, wollte es nicht und will es auch jetzt nicht. Ständig fülle ich Formulare aus. Ständig schüttle ich Hände. Ständig werde ich eingestellt, immer wieder aufs Neue. Die Arbeit zu erledigen, die man mir gibt, sie gut zu erledigen, darin besteht der erste Schritt auf dem sicheren Weg zur Entfristung.

Jeder weiß: Farrens Premiumkunden haben Rang und Namen. Sind Staatsoberhäupter und Sternechefs, Industrielle und Kriminelle.

Ich arbeitete mich hoch wie alle anderen auch. Fing an mit den lausigsten Jobs, ohne die keine Stadt schön sein kann.

Ich putzte die Schuhe von Showbiz-Legenden, die kesse Sohlen durch Grand Central steppten. Heimlich brachten sie mir ein paar Schritte bei.

Ich putzte die Fenster von Wolkenkratzern, die wirklich an den Wolken kratzten, mit ihren Wetterfahnen, Satellitenanlagen, stählernen Stangen wie Stiletti. Manchmal rutschte ich putzend und twistend gefühlte Stunden die Fassaden hinunter. »Vom Himmel ins Gewimmel«, sagten meine Putzkollegen. »Von Gottes Pforte zur verdienten Torte«, lautete die übliche Antwort, dann gab es Kaffee und Käsekuchen – oder Götterspeise, je nach Tagesangebot.

Später versuchte ich mich als menschliche Ampel. Was für ein Gehampel. Dann warf ich Leuten Knüppel zwischen die Beine, wortwörtlich, an einer Jahrmarktbude für Masochisten. Ich sprang für den Postboten ein, für den Wandmaler auf der Tenth Street und für die Frau, die sich jeden Tag ein Taxi aus dem Verkehr winkt, an der riesigen Kreuzung, na, Sie wissen schon. Sie winkt mit so viel Verve, dass die Touristen jedes Mal ganz aus dem Häuschen sind. Aber ich steige nie ein! Ich winke immer nur.

Schließlich beauftragt mich Farren, für den Vorstandsvorsitzenden eines omnipräsenten Großkonzerns einzuspringen: Omni Corp.

Ich unterschreibe kryptische Dokumente, sitze in Telefonkonferenzen, staple und stemple Memos – Fiduziar, Filibuster, Finanzen, Finessen – und tapeziere die Wände mit Ölbildern von Leuten, die auf einer Liste mit den Kunststars von morgen stehen. Und noch bevor sich mir ein Zusammenhang erschließt, sind meine Aufgaben auch schon erledigt. Ein jeder hat sein Päckchen mit lästiger Arbeit zu tragen, und ich, was soll ich sagen, bringe leere Päckchen zurück.

Als Vorstandsvorsitzender trage ich zu meinem Anzug ein apart gepunktetes Tuch, das ich mir wie eine Krawatte um den Kragen binde. »Auf Kleinigkeiten kommt es an, aber nicht nur«, pflegte meine Mutter zu sagen.

»Wenden wir uns der Abstimmung zu?«, fragt meine Assistentin. Unruhe im Saal, alle sind anwesend. Ich sitze an der Stirnseite und vertrete den Vorstandsvorsitzenden.

»Dürfte ich um Handzeichen bitten?«, fragt ein Aktionär.

»Niemals«, sagt ein anderer Aktionär, der mehr Gewicht hat. »Es wird anonym abgestimmt oder gar nicht.«

»Starke Worte von einem, der ein ganzes Jahr auf keiner Aktionärsversammlung gewesen ist«, murrt der erste Aktionär.

»Ich habe Verpflichtungen! Viele!«

»Ich schlage ein neues Abstimmungsverfahren vor«, sagt ein durch und durch irrelevanter Aktionär. »Zunächst stimmen wir so ab, wie unsere Großmütter mutmaßlich abgestimmt *hätten*, dann stimmen wir so ab, wie unsere ungeborenen Enkelkinder mutmaßlich abstimmen *würden*, und zum Schluss berechnen wir, unter Zuhilfenahme eines komplizierten Systems aus Tabellen und Graphen, aus diesen beiden hypothetischen Werten die Hypotenuse, deren Wert wir im Namen unserer Vorfahren und Nachfahren zum Abstimmungsergebnis erklären.«

»*Dieser* Aktionär ist durch und durch irrelevant«, flüstert meine Assistentin.

»Dürfte ich erfahren«, frage ich mit einem Räuspern, »worüber wir eigentlich abstimmen?«

»Über Turnus und Gegenstand zukünftiger Abstimmungen stimmen wir ab!«, heißt es unisono.

»Und«, sagt ein Mann am anderen Tischende, »wie wäre es, nun ja, wenn wir diesen Gegenstand vorerst auf Eis legen?«

Der Vorschlag sorgt für erleichterte Seufzer. »Ja, ja, ja!« Zustimmung im Saal. Meine Assistentin geht hinaus, kommt nach einer Weile mit einer dampfenden Schüssel voller Trockeneis zurück und legt die Briefing-Mappe hinein. Die Versammlung ist beendet.

Der Hauptsitz von Omni Corp: gewaltige Ausmaße, geringer Wiedererkennungswert. Heißer Kaffee, warme Cola, rekordverdächtige Snackvorräte. Bananen, Süßigkeiten, Müsliriegel. Die Mikrowelle riecht nach Popcorn. Die Raucherpausen sind lang, und mitrauchen empfiehlt sich, also gewöhne ich mir die obligatorische Zigarette an, in der Gewissheit, dass ich diese Marotte für einen anderen Job, irgendwann, wieder ablegen muss, mir die bittere Kippe aus dem Mund schlagen werde. Die Gewissheit stopfe ich wie einen Kassenzettel in die Tiefen meiner Handtasche.

Während ich an der dritten Zigarette meines Lebens ziehe, fällt mir eine Frau auf, die schluchzend in der Nähe des Eingangs steht. Vielleicht habe ich in einem meiner morgendlichen Meetings ihr Erwerbsleben auf Eis gelegt. Vielleicht auch Schlimmeres. Ich gebe ihr mein gepunktetes Tuch, damit sie ihre Tränen trocknen kann, und schlüpfe in die Rolle der Trost spendenden Unbekannten, eine unbezahlte Beschäftigung, der nachzugehen ich umso entschlossener bin.

»Ich arbeite hier seit vierundzwanzig Jahren!«, schluchzt sie.

»Ich arbeite hier seit vierundzwanzig Stunden!«, sage ich und drücke ihre Schulter. Sie beweist Klasse und lacht und lässt sich trösten. Wer sich trösten lässt, vollbringt eine gute Tat, weil auch der Tröstende etwas davon hat. Ich bin dankbar, diese Funktion ausüben zu dürfen. Ich drücke noch einmal ihre Schulter, dann ein drittes Mal, diesmal zu lang, und dann ein viertes, eindeutig unangebrachtes Mal. Sie hat umwerfende Arme. Welcher Idiot feuert so umwerfende Arme?

»Äh, okay«, sagt sie und geht los und lächelt über ihre potenziell verletzte Schulter hinweg. Wahrscheinlich denkt sie, dass ich ein Niemand bin, und das bin ich wohl auch.

An meinem letzten Tag bei Omni Corp bleibe ich nach Feierabend im Büro. Ich mag es, meine Arbeitszeit zu entgrenzen und länger zu bleiben als nötig. Mit jeder Minute, die zusätzlich vergeht, spüre ich, wie meine Unentbehrlichkeit schwindet. Das Gefühl, das mich dabei überkommt, ist überwältigend und schwer zu beschreiben, als würde ich einschlummern oder sterben.

Oh, so ein Bürogebäude in den Abendstunden! Man kann unbemerkt auf Toilette gehen. Man kann schmutzige Tassen abwaschen, Geschosse aus Gummibändern basteln und Büroklammern zu Trapezen verhaken. Die Deckenbeleuchtung wird von einem Bewegungsmelder gesteuert, und nachdem meine Kollegen ihre Arbeit beendet haben und es dunkel ist, ziehe ich mich ins feierabendliche Glühen meines Eckbüros zurück. Es gibt nichts Einsameres als Lampen, die nach einem langen Tag von selbst ausgehen, weil niemand da ist, der ihnen den kleinen Gefallen erweist, ausgeknipst zu werden.

Bei meiner letzten Exkursion in den begehbaren Snackschrank stelle ich umgeben von Türmen aus Lakritzschnecken fest, dass ich nicht allein bin. In der hintersten Ecke des Kämmerchens sitzt ein Mann und knackt einhändig Pistazien.

»Sind Sie fertig?«, fragt er. »Mit Ihrer Arbeit?«

»Fast«, sage ich zum Vorstandsvorsitzenden. Ich erkenne ihn wieder, er sieht aus wie auf dem Porträt im Foyer, aber nicht wie auf dem Porträt in seinem Büro, das ihm nicht gerecht wird. Er ist eine lange dünne Bohnenstange mit dichtem weißem Haar und Einstecktuch im Anzugjackett. Vielleicht erkenne ich ihn wieder, weil ich ihn schon einmal gesehen habe. Schließlich ist er eine große Nummer, sowohl numerisch als auch physisch.

»Wieso verstecken Sie sich?«, frage ich ihn.

»Ich verstecke mich nicht, ich sterbe.« Er knackt noch eine Pistazie, isst die Nuss und dann beide Schalenhälften. »Haben Sie Kapazitäten? Jetzt, wo Sie mich nicht mehr vertreten müssen?«, fragt er. »Ich hätte da ein etwas ungewöhnliches Anliegen.«

Ich verweise ihn an meine Agentur, an Farren, aber er hat schon mit ihr gesprochen. Das Leben ist schneller als jedes Protokoll. Und so landet irgendwann der Karton vor meiner Tür. In dem Karton ist eine Urne, und in der Urne ist der Mann, und der Mann ist Asche.

»Du sollst ihn mit dir herumtragen«, sagt Farren. »Er war ein Mann von Welt und die ganze Zeit auf Achse, und das soll auch so bleiben.«

»Und wann ist der Auftrag zu Ende?«, frage ich.

»Geht in der Unendlichkeit dieser Welt jemals irgendetwas zu Ende?«, fragt Farren. Ich kann hören, wie ihre
Fingernägel auf den Schreibtisch trommeln.

Den Vorstandsvorsitzenden umzubetten ist eine haarige Angelegenheit. Mein praktischer Freund hilft mir bei der Konstruktion eines winzigen Papiertrichters, mit dem ich die unruhig rieselnden Überreste in das Medaillon einfülle.

Das Medaillon ist ein umgewidmetes Geschenk von meinem praktischen Freund und enthielt früher ein Tröpfchen seines Lieblingsbourbons. Ich weiß noch, wie spröde seine Gesichtshaut war, in der kalten Nacht, als er es aus der Jackentasche zog wie ein Kaninchen aus einem Zylinder, flink und liebevoll und strahlend vor Selbstzufriedenheit. Schmuck sei ein Zeichen der Zuneigung, hatte man mir gesagt. Wie Haustiere, wie Blumen.

»Das habe ich *geschmiedet*, für *dich*!«, sagte er mit erwartungsbehauchter Stimme und vollführte ein Kunststück von der Art, die mich so richtig vom Hocker haut: Er öffnete mit wurstigen Handschuhfingern den Kettenverschluss. Er erwartete, dass ich die Kette täglich trug. Erwartung troff ihm aus allen Poren. Ständig lauerte er darauf, dass man ihn beglückwünschte, zu dieser einen Nettigkeit an diesem ganz bestimmten Tag. Zum Glück sahen wir uns höchstens einmal im Monat, so konnte ich ihm ein Märchen erzählen, in dem ich die Kette tagtäglich trug. In dem Märchen trug ich sie ewig und drei Tage, und sobald sich unsere Wege trennten, nahm ich sie nie und nimmer ab.

Sie ist schön. Sie sieht alt aus, wie etwas mit Geschichte. Es ist nicht so, dass mir an der Kette nichts liegt. Aber mir liegt nichts daran, ein falsches Bild zu vermitteln. Oder ein richtiges. Ich will gar nichts vermitteln. Auf keinen Fall will ich meinen praktischen Freund pikieren.

Mein praktischer Freund, der jetzt Asche auf den Fuß-boden meiner Wohnung trichtert, wirkt nicht so, als wäre ihm seine Aufgabe zuwider, er lässt auch keine Anzeichen von Ärger erkennen. Nur die Ahnung einer Grimasse, die sich im Verborgenen regt, umspielt seine lächelnden Mund-winkel, als wollte er sagen: So war das aber nicht gedacht.

Nach mehreren Pannen, einem Aschehäufchen auf meinem Teppich, einem Zwischenspiel mit dem Staub-sauger und einem Besuch der Fusselbürste haben wir einen kleinen Teil des Vorstandsvorsitzenden umgebettet und auf meinem Körper platziert, so wie es ihm gebührt. Ich streiche mir die Haare aus dem Nacken in Vorberei-tung auf die Kette. Ich greife nach dem Saum meines Shirts in Vorbereitung auf meinen Freund.

Später, als er auf der Couch ein Nickerchen macht, ver-staue ich die übrigen Überreste des Vorstandsvorsitzen-den im Karton, und den Karton verstaue ich in meinem Schrank, in einem Winkel in der Wand, der einer kleinen Höhle gleicht, einem Schränkchen im Schrank für Knab-berzeug, einer Katakombe, einer Gruft, vor der meine Business-Handtaschen und Nieten-Clutches, meine ge-streiften ärmellosen Oberteile, die geschlitzten Röcke und pillerigen Pullover Wache halten.

Und was ist mit der Beerdigung? Und was ist mit der Familie? Frage ich mich.

Am Tag darauf geht mein erstes Gehalt aus dem Nach-lass des Vorstandsvorsitzenden auf meinem Konto ein. In der Woche darauf wird die Kette auf meiner Haut ganz heiß.

»So also lebt das gemeine Volk!«, sagt er. Er steht auf der Couch, tippt mit der Hand an die Zimmerdecke, springt auf den Boden, wo er sich setzt.

»Sie hier?«, frage ich. »Wie kann das sein?«

»Männer von Welt sind immer auf Achse!«, sagt er, als wäre nichts offensichtlicher als das.

Ich sehe erst die Kette an und dann ihn. »Erfüllen Sie auch Wünsche?«, frage ich.

»Sehe ich aus wie ein Flaschengeist?«, fragt er zurück und löst sich in Luft auf.

Meine festen Freunde gewöhnen sich allmählich an meine neuen Marotten. Dass ich aus heiterem Himmel leere Stühle anstarre. Dass ich beim Abendessen Selbstgespräche führe.

»Verstehe, der Vorstandsvorsitzende hat also wieder beschlossen, uns Gesellschaft zu leisten«, sagt mein agnostischer Freund, lässt die Knöchel knacken und würde sterben für ein Gespräch über den Tod.

»Ist er denn, na ja, so richtig groß?«, fragt mein größter Freund. »Also, ich meine, größer als ich?«

»Fast«, sage ich.

»Und was hast du ihm von mir erzählt?«, fragt mein Lieblingsfreund. Ich lüge. Die Wahrheit ist, ich habe ihm gar nichts erzählt.

»Wann gehen Sie denn endlich auf Achse mit mir?«, beschwert sich der Vorstandsvorsitzende. »Ich bin ein Mann von Welt und bekomme nichts mit von der Welt! Wir unternehmen ja nichts!«

Ich ziehe meine Turnschuhe an, und wir gehen joggen im Park. Die Hunde lenken ihn ab. Er versucht, jeden zu streicheln, aber ohne Erfolg.

Wenn der Vorstandsvorsitzende tagsüber seinen Geschäften nachgeht, stelle ich meine Turnschuhe in den Flur. Die Schuhe, in die ich gegen Bezahlung gesteckt werde, wechseln ständig die Größe.

Jahrelang stand ich im Dienst einer Frau, die Hilfe bei der Organisation ihres Schuhschranks brauchte.

»Stimmt, es war einmal eine alte Frau, die in einem Schuh wohnte«, sagte Farren, »aber hier geht es um alte Schuhe, die bei einer Frau wohnen.«

»Das dürfte zu schaffen sein.«

»Die Einstellung lob ich mir!«, sagte Farren. »Wenn du dich gut machst, kann ich dir noch mehr Märchenjobs verschaffen.«

Beinah hätte ich gelacht, aber Farren meinte es ernst. Ich kenne eine Aushilfe, die ist Taubenphobikerin und hat ein paar Schichten lang Töpfchen und Kröpfchen befüllt. Farren wollte sie für ganze drei Monate vermitteln.

»Kröpfchen schon wieder?«, fragte die Aushilfe. »Kannst du knicken! Lieber krepier ich!«

Sie erzählte mir, dass ihr eine andere Agentur ein besseres Angebot gemacht hatte, irgendwas mit Spreu und Weizen. Aber ich bin mir sicher, dass ihre Einstellung sie auf dem Pfad zur Entfristung ein paar Jahre zurückgeworfen hat.

Die Frau, die mit ihren alten Schuhen zusammenwohnte, hatte ein großes Apartment in Uptown. Noch nie hatte ich so hohe Decken gesehen. Aus den Tiefen ihrer Abstellkammer förderte sie ein prächtiges Bronze-Schuhregal in Form eines Nautilus zu Tage. Es war spiralförmig wie die

Flugbahn des Falken, der sich auf seine Beute stürzt. Steil kreist er auf den Erdboden zu, damit seine seitlich am Kopf liegenden Augen das Angriffsziel nicht aus dem Blick verlieren.

»So, sehen Sie?«, sagte die Frau, nahm einen knallorangen Slipper zur Hand und schob ihn in eins der Fächer. »Sie können die Schuhe auch nach Absatzhöhe oder Farbe sortieren«, sagte sie. »Wie es Ihnen gefällt!«

Sie gewährte mir das kleine bisschen Freiheit mit dem großzügigen Gebaren eines Start-up-Investors.

»Wie wäre es, wenn Sie die Schuhe nach Einsatzhäufigkeit sortieren?«, fragte ich.

»Oh, ich trage diese Schuhe doch gar nicht«, sagte sie und lachte. »Dafür gibt es einen anderen Schrank, aber der ist an einem anderen Tag dran.«

Den anderen Schrank habe ich nie gesehen, kein einziges Mal.

Die Frau, die mit ihren Schuhen zusammenwohnte, war mutterseelenallein. Deswegen ließ ich ihr auch das eine oder andere unfeine Verhalten durchgehen. Ständig erklärte sie ihre Aufträge für ungültig, sodass jede erledigte Arbeit die Arbeit des Rückgängigmachens nach sich zog. Erst sollte der Karton hierhin, dann sollte er dorthin. Die Lebensmittel, die ich die Treppen hinauftrug, schimmelten, durchliefen die Mauser, wanderten die Treppen hinunter, landeten im Müll. Anfangs dachte ich, sie will mir einen Gefallen tun, indem sie Arbeit fingiert, wo keine ist. Inzwischen weiß ich, dass es sich um ein Spiel handelt, ein ewiges Ungeschehenmachen, das dazu führt, dass man nichts erreicht und sein Leben infrage stellt.

Man sollte meinen, ich hätte meinen Frust an den Schuhen ausgelassen, aber die Schuhe trifft keine Schuld, und ich will doch für alle nur das Beste. Ich trug sie auf Händen, bewahrte sie vor Kratzern und Flecken, befreite sie mit feuchten Lappen und trockenen Tüchern vom Staub. Einfetten, polieren, streicheln. Ein einziges Mal, ich gebe es zu, sind meine Hände in ein Paar lacklederner Pumps geschlüpft und haben – ein Verhaltensrelikt aus meiner Vergangenheit als Schuhputzerin in der Grand Central Station – einen Stepptanz vollführt. Aber nie hat ein Fuß von mir das Leder auch nur eines ihrer Schuhe gedehnt. Wenn meine Arbeitgeberin außer Haus zu Mittag aß, hielt ich einen der rosafarbenen, wildledernen Pumps an meine Wange, er war welpenweich und roch neu und alt zugleich.

Meine Großmutter hatte einen muffigen Schrank voller Sandalen mit klobigen Sohlen. Aber sie waren nicht annähernd so überzeugend wie die Sandalen der Frau, die mit ihren Schuhen zusammenwohnte.

An den Wochenenden sprang ich ganz in der Nähe für die Schaufensterpuppen eines Kaufhauses ein, um mir etwas dazuzuverdienen. Der Schaufensterdekorateur arrangierte unsere Gliedmaßen zu ausgefallenen Tableaus.

»Aufs Törtchen legen«, sagte er und hob meinen Ellenbogen auf die überdimensionale Sahnehaube mit Kirsche. »Man muss dir glauben, dass dich dieses gesponserte Feingebäck seelisch aufrichtet«, sagte er und drehte meine Handinnenflächen zu einer flehentlichen Geste gen Himmel. »Und jetzt mach Dessert-Augen!«

Stumm wie Schnee standen wir Schaufensterpuppen während der Feiertage in einem Diorama aus Glitter, Lametta und Licht.

Mein Freund, der ständig in Kaufhäuser rennt, hat mich abends oft in der Delikatessabteilung besucht. Brezeln und Klöße to go. Er hatte ein Auto, und manchmal fuhr er mich nach Hause. Mir gefiel das ramponierte Polster des Beifahrersitzes, die Abnutzung durch schamloses Fläzen. Ich fläzte mich so schamlos in den Beifahrersitz, dass ich manchmal zu schnarchen begann, nur der Gurt bewahrte mich davor, aufs Armaturenbrett zu kippen.

»Ich mag, wenn du dich nach der Arbeit nicht umziehst«, hat er einmal gesagt. Mein Löwendompteusenkostüm war voller Troddeln. »Und jetzt mach Löwenaugen«, hatte der Dekorateur gesagt, »als hättest du gerade den Löwen gezähmt und wärst jetzt *selbst* der Löwe. Du weißt schon, nicht nur, aber auch.«

Einmal, als ich abends meinen Freund treffen wollte, den, der ständig in Kaufhäuser rennt, ging ich einen Umweg über die Damenmodeabteilung, und dort sah ich sie, die Frau, die mit ihren Schuhen zusammenwohnt, die Frau, bei der ich beschäftigt war. Sie saß in einem kniehohen Meer aus Turnschuhen, Slippern, Stilettos und Sandalen. Um ihre zarte Gestalt verstreut lagen zahllose Größen, Ausführungen und Kartons. Einen Moment früher, und ich hätte vielleicht verpasst, wie sie ihre alten Oxfords ordentlich unter einer der gepolsterten Bänke verstaute und in eleganten Mokassins das Kaufhaus verließ, ohne ihre Neuanschaffung zu bezahlen.

Deshalb hatte ich auch keine Skrupel, noch in derselben Woche ein besonders edles Paar aus ihrem Schrank zu stehlen. Eine Größe zu klein, aber egal. Auge um Auge, Schuh um Schuh. Ich hätte es keine Sekunde länger ertragen, mit anzusehen, wie das Paar ungetragen versauert.

Jetzt stehe ich mit meinem größten Freund an der Bar und trage die fraglichen Schuhe: hohe Stiefel ohne Reißverschluss, die sich nur mit großer Mühe an- und ausziehen lassen. Aber die Arbeit lohnt sich, die Stiefel verwandeln meine Beine in reinste Kalligrafie. Während ich mit Farren telefoniere, klopfen meine Absätze gegen die Barhockerbeine. Sie hat einen neuen Job, einen Job nur für mich.

»Worum geht's?«, frage ich. Mein größter Freund hat sich seiner Größe sei Dank die Aufmerksamkeit des Barmanns gesichert und einen Wodka-Soda für mich bestellt.

»Kommt ganz drauf an«, sagt sie geheimnistuerisch. »Was ist mit Seekrankheit? Irgendwelche Erfahrungen? Fortbildungen?«

»Seekrankheit?«, wiederhole ich. Mein größter Freund runzelt die Stirn und wirkt dadurch noch größer.

»In deinem Lebenslauf steht nichts dazu, deswegen frage ich«, sagt Farren. »Sei ehrlich.«

Wenn sie sagt, dass ich ehrlich sein soll, meint sie eigentlich, dass ich mir nicht so viele Gedanken machen und einfach lügen soll. Ich will mir nicht so viele Gedanken machen und einfach jeden Tag lügen. Ich übe vor allem, indem ich mich selbst belüge.

Seekrankheit, denke ich, spreche das Wort aber nicht aus. Ich berühre den Vorstandsvorsitzenden auf meinem Dekolleté.

»Denk dran«, sagt Farren, »wer sich seine Entfristung verdienen will, muss seine Komfortzone ab und zu verlassen. Fleiß und Produktivität kann man auch anderswo unter Beweis stellen. Das ist deine Chance, Beständigkeit zu finden. Die Welt ist unendlich, und Arbeit ist, na ja, endlich eben, hab ich recht?«

Es dauert keine Stunde, und schon holt mich ein schwarzer Lieferwagen ab und bringt mich zu einem großen Schiff. Der Piratenkapitän händigt mir Stempelkarten und eine Vertraulichkeitserklärung aus, allmählich fühlt sich das Ganze offiziell an. Wir spucken in die Hände und besiegeln das Geschäft. Alle meine festen Freunde kommen, um mich zu verabschieden, und ich sehe, wie sie von verschiedenen Punkten auf dem Anleger zum Wasser laufen und winken, Pünktchen in der Ferne mit fliegenden Armen: meine Männer.

Die Götter schufen die Erste Aushilfe, damit sie Pause machen konnten. Sie sagten: »Es werde Freizeit« und »Spring für uns ein, okay? Hier sind unsere Passwörter und Zugangscodes. Hier ist die Schlüsselkarte. Hier ist das Ding, mit dem du die Schlüsselkarte an deine Handtasche stecken kannst. Alles klar? Ach so, sorry, hier ist die Handtasche. Na los, pack sie voll, bis sie platzt! Voller noch! Genau, die Tasche muss schwer sein! Hier ist dein Vertrag, da drüben ist der Kopierer, und da ist der Ordner, zu dem jeder Zugang hat und in dem alles Erdenkliche abgelegt ist.«

Die Erste Aushilfe fiel von einem Meteor und war von keinem besonderen Ehrgeiz getrieben. Die Götter mussten sie festnageln, damit sie nicht davonflog, so rastlos war das neue Seelchen, so flatterhaft sein Wesen. Der Fairness halber sei gesagt, dass die Götter noch keine Schwerkraft erfunden hatten. Arbeitsloses Geschmeiß stieg geradewegs in die Wolken auf, nur eine Anstellung verlieh dem Leben das Gewicht der Redlichkeit.

Ihren ersten Arbeitstag verbrachte die Aushilfe damit, den Ordner zu studieren, zu dem alle Zugang hatten und in dem alles Erdenkliche abgelegt war. Sie machte sich vertraut mit allen Unterabteilungen des Ordners, mit jedem Dokument. Vögel, Bienen, Mitochondrien. Schon damals, als die Erde kaum mehr als eine weite leere Oberfläche war, bemerkte sie den gewaltigen Umfang des Ordners. Was leer aussah, war voller mikroskopischer Anlagen zur Entwicklung von Leben. Unendliche Listen mussten erstellt werden. Aber wenn die Erde schon so voll war, würde die Erste Aushilfe dann je eine Stelle finden? »Stelle« bedeutete damals etwas völlig anderes als heute. Das Wort bezeichnete keine Anstellung, keine Beschäftigung, sondern einen Ort, einen Platz, an den die Dinge gehörten. Die Erste Aushilfe stellte Bäume, Strände, Fossilien und Troddeln ein. Und sie dachte über sich selbst und die Unbeständigkeit ihrer eigenen Stelle nach.

»Kann ich bleiben? Unbefristet?«, fragte sie, und die Götter lachten und machten Mittagspause.

Abends, wenn die Götter in ihre göttlichen Behausungen gingen, dachte die Erste Aushilfe: Und jetzt? Im Büro herrschte nachts dieser Geruch. »Das ist der Duft der Innovation«, hatten die Götter ihr erklärt. Sie suchte sich eine Ecke, in der es nicht so stark roch, und blieb eine Weile dort sitzen. Es war kein richtiges Büro, nicht so, wie man sich heute ein Büro vorstellen würde. Das Büro war eine Ansammlung träger Materie, die einem das Gefühl von Arbeit vermittelte.

Die Erste Aushilfe aktivierte ihre Schlüsselkarte und wischte sich ins Dasein.

ARBEIT ZU WASSER

Auf einem namenlosen Schiff, das über die Meere kreuzt, springe ich für eine Frau namens Darla ein. »Ahoi«, sage ich, und dito begegnet man mir. Man begegnet mir auch mit Gegrummel, Moin-Moins und guten alten Hallos. Aha. Wie in jeder neuen Firma fehlt auch hier noch der letzte Schliff, muss das firmenphilosophische Getriebe noch geschmiert, das Anlegerprospekt noch mobilgemacht werden. Keine Meerjungfrau am Bug, der flatternden Flagge fehlt das Logo.

»Noch! Aber nicht mehr lange!«, sagt der Piratenkapitän. »Wir sind offen für Vorschläge.«

Meine neuen Kameraden tragen Waffen unterschiedlicher Schlagkraft, hier ein Dolch, da eine Pistole, die eine oder andere Kanone findet sich auch. Zum Glück. Nichts ist schlimmer als ein Büro, in dem niemand weiß, wer das Sagen hat. Mein neues Team hat früher im Bereich Online-Piraterie gearbeitet, aber dann musste ein neues Image her. Zwei Silben weniger, und siehe da, fertig ist das neue Metier.

»Es gibt auf der Welt nur wenige Arbeitsbereiche«, sagt der Kapitän. Der Kapitän ist einer, der gern doziert. »Arbeit zu Land«, fährt er fort, »Arbeit zur See, Arbeit im Himmel, Geistesarbeit und Telearbeit.«

»Also Homeoffice?«, frage ich.

»Nein«, sagt der Piratenkapitän. »Telearbeiter sind tote Arbeiter. Piratenjargon.«

»Ach so! Wie Davy Jones in *Fluch der Karibik*?«

»Quatsch«, sagt er genervt. »Der verwaltet unsere Büromaterialien.«

»Ach so, tut mir leid.«

»Du kriegst den Dreh schon noch raus«, sagt er und schlägt mir mit der flachen Hand auf den Rücken. »Man darf sich doch eingewöhnen um alles in der Welt!«

Und die Welt zu bereisen, wie herrlich das ist! Der Großteil ist mit Wasser bedeckt, deswegen glaube ich, dem Wesen der Welt jetzt auf den Grund gekommen zu sein. Ja, mein Flaneur-Freund pilgert einmal im Jahr nach Paris, aber hat er je, Überflüge nicht mitgezählt, die frostigen Meerengen in den entlegenen Winkeln des Atlantiks gesehen? Salz in der Nase, Salz zwischen den Zehen, ich kann es gar nicht erwarten, Postkarten zu schreiben, aus meinem schönen neuen, salzigen Leben. Vielleicht sagen meine Freunde dann: Die kommt ja richtig rum!

Tief in meinem Hals ballt sich wie angekündigt und befürchtet der Brechreiz. Ich muss ihn vertuschen, damit niemand herausfindet, dass mein Lebenslauf nicht ganz der Wahrheit entspricht, und halte einen Eimer bereit. Fliegt mein Magen nach links, lehne ich mich nach Steuerbord. Fliegt mein Magen nach rechts, lehne ich mich nach Backbord. So lerne ich den Unterschied zwischen Backbord und Steuerbord. Ich will den Wellen, die durch meinen Magen pflügen, etwas entgegensetzen. Als ich mit dem Kopf über der Reling hänge und schwanke, entdeckt mich der Erste Offizier des Personalmanagements.

»Ich bin der Erste Offizier des Personalmanagements«, sagt er. Er hebt mich auf seine breiten Schultern und trägt mich unter Deck in sein Büro. Ich wurde schon so lange nicht mehr getragen.

»Sitzen bleiben«, sagt er und setzt mich auf sein Sofa, »bis du wieder einsatzbereit bist.«

Die Personalmanagementkabine ist so gut wie leer.

An der Wand hängt ein großes Poster, auf dem ein Kätzchen mit Holzpfote zu sehen ist. »Mieser Pirat, der nicht maust!«, steht darauf.

»Besser?«, fragt der Erste Offizier.

Ich schaffe es zu nicken, und sofort meldet sich mein Magen wieder.

»Wunderbar. Dann lass uns die Sache doch mal evaluieren. Ist dir das Essen nicht bekommen? Hat sich einer deiner Vorgesetzten im Ton vergriffen?«

»Weder noch«, sage ich.

»Hast du einen hypersensiblen Würgereiz?«

»Ich glaube nicht.«

»Gut. Bist du schwanger?«

»Wie bitte?«

»Wenn einer Frau bei der Arbeit übel wird, ist sie meist schwanger. So lauten die Regeln!«

»Ich bin nicht schwanger.«

»Sehr gut, sehr gut. Ich muss nur alles in Betracht ziehen. In deinem Lebenslauf steht nämlich, ich zitiere: Seekrankheit ist kein Ding.«

Mir steigt ein Kloß in den Hals. Ich will ihn runterschlucken, aber Schlucken fühlt sich an wie Schwanken. Ich will mich anlehnen, aber Anlehnen fühlt sich an wie Fallen. Auf meiner Oberlippe sammelt sich zeigefreudiger Schweiß.

»Könnte ich bitte meinen Eimer bekommen?«, frage ich, und er schiebt ihn zu mir. »Danke.«

»Nicht *dein* Eimer«, sagt er und lacht. »Firmeneigentum!«

»Klar«, sage ich.

»Soll heißen, geh auch so damit um.«

»Klar.«

»Soll heißen, du wirst dich doch wohl nicht in Firmeneigentum übergeben wollen, klar?«

»Klar.«

»So.« Er setzt sich in einen Drehstuhl. Der Drehstuhl dreht sich, was für ein Albtraum. »Und was dein mutmaßliches Seekranksein angeht –«

»Seekrank? Niemals!«, will ich mich erklären, mein Gesicht muss glänzen vor Schweiß. »Seekrank bin ich nicht.«

»Nein?«

Ich würge ein Nein hervor, und mein Kopf stürzt in den Eimer. Blitzschnell reißt er meine Haare nach hinten, und das ist noch nicht alles. Er holt ein Haarband aus einer Schublade mit derlei Instrumentarium und flicht meine zottige Mähne auf ganzer Länge zu einem Zopf. Er weiß, was er tut, man merkt es ihm an, dem Zerren und Säuseln, der Einarbeitung des Haarpflegeprodukts. Dann steckt er den Zopf zu einem kleinen Krönchen auf.

Ich wische mir über den Mund, und er sagt: »Das ist dein neuer sexy Look.«

Ich fühle mich wirklich wie neu und sexy. Er legt mir den Zeigefinger ins Genick und lässt ihn stumm und langsam über meine frisch entblößte Wirbelsäule gleiten. Zuerst denke ich, er will sich um die kurzen Härchen in meinem Nacken kümmern. Aber das hier ist ein anderes, mir unbekanntes Ritual.

»Wir vom Human Ressources Management stellen alle nötigen Ressourcen zur Verfügung, damit du so human bleibst wie möglich. Hier sind ein paar Broschüren, mit denen du dich über Fragen des Firmeneigentums und der präzisen Lebenslaufführung informieren kannst, bitte schön«, sagt er und legt sie mir in den Schoß. Das Infomaterial auf meinen Beinen beruhigt aus irgendeinem Grund meinen Bauch.

»Danke.«

»Seekrankheit ist heilbar«, sagt er. »Du musst einfach nur daran denken, wie sehr du diesen Job willst!«

Ich wische mir über den Mund und schaffe zu sagen: »Ich will den Job unbedingt!«

»Super! Du weißt doch, was Landratten passiert, die sich nicht akklimatisieren, oder?« Er zeigt auf das Poster mit dem Holzbeinkätzchen.

Ich strecke den Daumen nach oben. Das reicht ihm schon. Er lächelt.

»Vergiss nicht, dass ich dir geholfen habe. Vergiss nicht, dass ich dein vertrauenswürdiger Personaler bin. Typen wie ich sind hilfsbereit, jederzeit«, sagt der Erste Offizier. Mit feuchten Fingerspitzen löscht er die Kabinenkerze, schließt die Tür und lässt mich schlafen.

Am nächsten Morgen bin ich vor Schreck wieder kerngesund. An der Tür klebt ein Zettel: »Nur ein sauberer Eimer ist ein akzeptabler Eimer, und ein akzeptabler Eimer ist die einzige Art von Eimer, die es wert ist, gefüllt zu werden.«

Ich hefte die Logbucheintragungen ab und sorge für Ordnung auf den Schreibtischen. Ich schrubbe das Deck und staple die sauberen Firmeneimer. Ich finde Dreck auf dem Deck, um den sich niemand gekümmert hat, und kümmere mich darum. Ich studiere *Das große Buch der Piratenprobleme*, *Das große Buch der Piratenverbrechen* und *Das große Piratenbastelbuch*. Der Job hat sein eigenes Tempo, übers Knie brechen kann man hier nichts.

Farren hat versprochen, dass ich anständig bezahlt werde, aber eigentlich weiß ich gar nicht, was ein anständiges Gehalt ist, weil ich mich mit Wasserfahrzeugen nicht auskenne. Andererseits kann ich mich an ein schmales Kanu erinnern, das in meiner Kindheit an einem grasigen Seeufer lag.

Einmal bezahlen sie mich mit drei roten Edelsteinen, die in einen Fensterbriefumschlag eingeklebt sind.

Der Mann, der die Lohntüten austeilt, hat lange wuschelige Haare und ein Grübchen am Kinn. Nachts stromert er übers Schiff und plappert die Gespräche vom Tag nach. Er erinnert mich an meinen koffeinsüchtigen Freund, mit dem ich für den Nervenkitzel zusammen bin. Manchmal hockt sich der Mann auf einen Mast, reckt die Nase in den Himmel und flattert ein bisschen mit den Armen.

»Er springt für Maurice ein, unseren Papagei«, erklärt mir der Assistent der Geschäftsleitung.

Abends, wenn die Logbucheintragungen vom Tag abgelegt sind, sehe ich von Weitem den Papagei-Mann. Ich freue mich, dass ich nicht die einzige Vertretung bin.

Als sich unsere Wege endlich kreuzen, hindert er mich

mit der Hand oder dem Flügel am Weitergehen, legt mir den anderen Handflügel ins Kreuz und führt mich in eine Ecke, in der wir ungestört sind. Dann fällt er aus der Rolle, und sein Gesicht wird ganz weich und verformt sich, komplett und auf unerwartete Art. Wo die Haut glatt war, wachsen ihm Stoppeln. Er sieht jetzt völlig anders aus. Er sagt, dass ich bald über die Planke muss.

»Die werfen dich über Bord, wart's nur ab«, sagt er ganz ruhig. Er ist überhaupt nicht mehr wie mein koffeinsüchtiger Freund. Seine Hand liegt noch immer in meinem Kreuz und bewegt sich kein bisschen. Seine Hand, ruhig wie eine Wand.

»Wie bitte?«

»Wart's ab. Bald musst du über die Planke.«

»Aber das verstehe ich nicht«, sage ich.

»Nur damit du's weißt«, sagt er, als wären klare Worte nichts als Firlefanz. Dann baut er sich wieder um und kopiert Maurice den Papagei.

Ich beachte ihn kaum. So wie fast alle hier. In jedem Büro gibt es einen langhaarigen Typen mit krautigen Koteletten, der Zeug erzählt, das keiner hören, und der als Vogel durchgeht. Wenn er mich nervt, melde ich ihn beim Ersten Offizier des Personalmanagements. Oder ich setze mich an meinen Schreibtisch mit dem winzigen Bullauge, schaue auf die Wellen und bin zufrieden. Die Aussicht verändert zwar nicht mein Leben, aber schön ist sie schon. Arbeitsplätze mit Fenster sind selten, Meerblicke sowieso.

Die meisten Leute hier sind nett, auf eine unmissverständliche, zunickende Art. Jeden Morgen, wenn wir für unseren Piratenfraß anstehen, unterhält sich die Frau im Patchwork-Rock mit mir.

Sie sagt: »Guten Morgen, Darla!«

Ich sage: »Guten Morgen auch dir!«

Sie schaufelt sich Rollmöpse auf den Teller und wirkt furchtbar enttäuscht, weil sie weiß, dass ich nicht Darla bin, dass ich kein Bedürfnis habe, Darla zu sein, dass ich Darla nicht verinnerlicht habe und nur so tue, als wäre ich Darla. Wenn man jemanden präzise ersetzen will, braucht man knallhartes Einfühlungsvermögen. Ein Mensch ist ein Geflecht aus Nerven, Adern und Beziehungen, und das Geflecht muss entflochten werden wie eine Kette, die sich verknotet hat, damit man sich von Kopf bis Fuß in die Sauerei einhüllen und darin verschwinden kann.

Ich gehe über meinen Rollmöpsen in mich. Ich will erspüren, was Darlas Abwesenheit für die anderen bedeutet, und ziehe dafür eine uralte Reflexionstechnik heran, die Aushilfen manchmal benutzen. Es ist keine gewöhnliche Technik. Normale Angestellte würden »Glotzen« dazu sagen. Die Frau im Patchwork-Rock sitzt allein an ihrem Tisch und glotzt kaltblütig zurück. Ich spüre, dass Darla geliebt und gefürchtet wurde, und will mich ihr angleichen, damit ich in ihre Fußstapfen passe. Ich schlage mit flacher Hand auf Rücken in rauen Mengen und lache, dass sich die Planken biegen, dann wieder gehe ich mit düsterleerem Blick auf dem Deck hin und her. Mal dies, mal das.

»Nicht schlecht«, sagt der Kapitän, als er mir auf einem meiner Ausflüge begegnet. »Gar nicht mal schlecht.«

»Danke«, sage ich, frage mich aber sofort: Würde sich Darla bedanken?

Unter der Dämmerung und über der Fischsuppe, die es zum Abendbrot gibt, erklären mir meine Kolleginnen und Kollegen, was Darla keinesfalls tun würde.

»Nie würde Darla sich feige rächen«, sagt der Piratenkapitän.

»Darla würde abstechen, abstechen, abstechen«, wiehert der Assistent der Geschäftsleitung, der sich keine gereimte Pointe entgehen lässt. Der Kapitän rollt mit den Augen.

»Nie würde Darla einer Dame ihren Pudding klauen«, sagt die Frau im Patchwork-Rock, »vor allem dann nicht, wenn ›Pearl‹ auf dem Pudding steht.«

»Nie würde sich Darla Kaffee kochen«, sagt der Assistent der Geschäftsleitung, »und den vollen Kaffeefilter in der Maschine lassen, was in letzter Konsequenz nur dazuführt, dass der Nächste an der Kaffeemaschine keinen frischen Kaffee kochen kann, und nie würde Darla keinen frischen Kaffee kochen, nachdem sie ihren Kaffee ausgetrunken hat, und jetzt kommt das Wichtigste, schreib's dir hinter die Ohren, nie würde Darla viel Wind darum machen, dass sie frischen und brühend heißen Kaffee gekocht hat, denn frischer Kaffee ohne viel Wind ist wie ein Liebesbrief im Spind, ein absoluter Traum, und wer trotzdem glaubt, Wind machen zu müssen, hätte besser gar keinen Kaffee gemacht, überhaupt keinen niemals! Von wegen willst du jetzt etwa 'ne Belobigung fürs Kaffeekochen, oder was? Kapiert?«

»Würde Darla Bockbier trinken?«, frage ich.

»Das würde Darla durchaus«, sagt die Frau im Patchwork-Rock namens Pearl und reicht mir ihre Feldflasche. Langsam habe ich den Dreh raus, denke ich.

»Und nie würde Darla auf bezahlte Überstunden bestehen«, sagt der Piratenkapitän.

»Fürwahr! Fürwahr!«

»Darla doch nicht!«

»Und nie würde sie eine Abfindung wollen«, fügt der Piratenkapitän hinzu.

»Stattdessen lässt sie Köpfe rollen«, verkündet der Assistent der Geschäftsleitung und lacht sich schlapp. Diesmal packt ihn der Kapitän am Kragen, hebt ihn in die Luft und wirft ihn über Bord. Einen Moment lang herrscht Stille.

»Nie würde Darla nicht tanzen«, sagt die Frau des Piratenkapitäns, schwingt ihren Löffel wie einen Taktstock und dirigiert uns über Deck, bis es dämmert. Der Mond steht hoch am Himmel, und vor dem blauen Horizont schlingert das Schiff hin und her. Wir torkeln aufeinander zu und voneinander weg. Wir tanzen comme il faut, wir scherbeln und twisten und schwofen. Der Papagei-Mann und Pearl spielen Gitarre und Schlagzeug.

»Conga!«, kräht der Kapitän, und Conga wird getanzt.

Wir suchen uns einen Schlafplatz unter den blasser werdenden Sternen, und ich stelle mir vor, wie Farrens glitzernde Nägel am frühmorgendlichen Himmel funkeln. Der Wind weht über unsere Körper wie ein kühles Laken.

»Nie würde Darla nicht tun, was man von ihr verlangt«, säuselt der Erste Offizier des Personalmanagements. Sein Kopf liegt an meiner Hüfte, unsere Körper bilden ein T.

»Gehorsam ist entscheidend!«, erwidere ich.

»Nie würde sie Nein sagen«, sagt er und presst seine Hand auf meinen Schenkel, »denn eine Darla sagt nicht Nein.« Er mobilisiert all seine Führungskraft und rollt sich auf mich. »Darla macht so was ständig.«

»Ja?«, frage ich.

»Klar«, sagt er und presst sich gegen mich. »Irgendwie schon.«

Hiermit wäre nun also geklärt, dass die Crew von mir verlangt, anders zu sein als Darla. Es kann vorkommen, dass man im Rahmen eines Arbeitsverhältnisses bei der Befriedigung von Bedürfnissen assistiert, von denen in der Stellenausschreibung keine Rede war. Dem Ersten Offizier des Personalmanagements gegenüber verhalte ich mich so, wie es seine mit Nachdruck vorgetragene Vorstellung von Darla erfordert. Er ist nicht der erste Mann, der falsche Vorstellungen von einer Frau hat, und seine Hand unter meinem Rock unter den Segeln unter dem Himmel bemerkt niemand, am wenigsten Darla.

Spät in der Nacht oder früh am Morgen wird das Amulett auf meiner Brust ganz heiß. Der Vorstandsvorsitzende sitzt am Ende der Planke und isst Pistazien.

»Und? Kannst du mit dem Piratenleben was anfangen?«, fragt er.

»He-ho, geht so«, sage ich.

»Streng dich an, Kleine. Du gibst dir ja gar keine Mühe.«

»Doch. Ich zeige mich von meiner besten Seite. Ich präsentiere mein bestes Ich.«

»Ach ja? Und welches Ich soll das bitte schön sein?«, fragt er.

Ich denke an die vielen verfestigten, voneinander getrennten Ichs in mir, die sich untreu sein müssen, damit sie nebeneinander existieren können.

»Wo ist dein Ehrgeiz?«, regt er sich auf. »Wo sind die Leichen, über die du gehst?«

»Das ist nicht so mein Stil«, sage ich und erspüre mit den Zehen das Ende der Planke.

»Ich erzähl dir jetzt mal was«, sagt er. »Mein erster Pudel hieß ›Stil‹, und die Insel, die ich mir mal gekauft habe, hieß auch ›Stil‹, und ich hab ›Stil‹ immer wie *Schtiel* ausgesprochen, einfach so, weil ich's konnte. Ich hab Stil im Grunde erfunden.«

Mein Blick wandert zum Horizont, hoffentlich taucht die Insel des Vorstandsvorsitzenden auf. Als ich wieder zu ihm sehe, ist er weg.

Noch schlafen fast alle auf Deck. Der Erste Offizier des Personalmanagements, ein zufriedenes Häuflein Mensch, kuschelt mit sich selbst. Der Assistent der Geschäftsleitung klettert über die Strickleiter wieder an Bord, seine Sachen sind klatschnass.

»Hi«, sagt er schüchtern. Dann geht er unter Deck und zieht sich um. Ich koche ihm den besten Kaffee, den er je getrunken hat, dann noch einen, und wir verlieren kein Wort darüber.

In der Mittagspause gehe ich ins Sekretariat unter Deck, um meine Freunde anzurufen. Um genau zu sein, rufe ich meinen lustigen Versicherungsvertreterfreund an, der immer ein, zwei Witze oder eine ulkige Story parat hat.

Als er rangeht, ist er in meiner Wohnung. Er hat einen Ersatzschlüssel und ist zwei von meinen anderen Freunden in die Arme gelaufen, als er einen alten Pullover abholen wollte. Sie sitzen gerade zu dritt auf dem Sofa und gucken sich das große Spiel an! Ob es mir etwas ausmachen würde, wenn sie auch in Zukunft zusammen auf dem Sofa sitzen und sich Spiele angucken? Vielleicht auch die Oscars und die People's Choice Awards und andere Fernseh-Events? Wie sich herausstellt, haben meine Freunde wahnsinnig viel gemeinsam und sehr viel zu bereden.

»Das macht mir überhaupt nichts aus, Sportsfreunde!«, sage ich.

»Hast du gerade gesagt, dass dir Sport Freude macht?«, fragt mein Versicherungsvertreterfreund. Es ist laut in meiner Wohnung. Irgendwer hat irgendeinen Treffer gelandet, und irgendwer ist so richtig drauf angesprungen.

»Ja, genau«, sage ich.

»Ihr macht alles Freude!«, sagt jemand im Hintergrund, und an der Stimme erkenne ich meinen Lebenscoaching-Freund. Wir haben uns eine ganze Weile nicht gesehen, aber er hat mir beigebracht: Zeit mal Entfernung ist gleich Quadratwurzel aus Zuneigung und langfristigem Erfolg. Über seinem Bett hängt ein Poster, das diesen Zusammenhang veranschaulicht.

Wie schön, dass die Freunde alle Hallo rufen! Ich spreche ins Telefon, und es fühlt sich so an, als würde meine Stimme versagen. »Schlechte Verbindung«, sage ich. Meine Freunde sind sich einig, dass es auch schön ist, *mich* Hallo rufen zu hören.

»Könntet ihr meinen Geldbaum gießen, wo ihr schon mal da seid?«, frage ich.

»Na klar doch!« Ich höre den Wasserhahn laufen, Schritte durchs Zimmer, die Versorgung der Pflanze.

»Und die Post reinholen?«, frage ich.

»Ist doch das Mindeste, was wir tun können!«, sagt mein größter Freund.

Ich habe vier Kataloge, drei Lieferserviceprospekte und zwei absolut einmalige

»Null-Prozent-Ratenzahlung-Geld-zurück-wenn-es-Ihnen-nicht-gefällt-und-nur-so-lange-der-Vorrat-reicht-Angebote« bekommen. Ein Brief ist auch dabei, von der Frau, die mit ihren Schuhen zusammenwohnt.

»Eine ehemalige Arbeitgeberin«, sage ich. »Was steht drin?«

Mein Lebenscoaching-Freund räuspert sich und liest vor, eine Schmähung meiner Person, meiner Knie, meiner Füße und Zehen – meines mittleren Zehs, der unter der Nachbarzehe klemmt (Inbegriff der Blasphemie!), und meines kleinen Zehs, der aussieht wie eine ganz unten im Körbchen liegende, zermatschte und strunklose Erdbeere, die keiner mehr essen will –, und muss sie es wirklich noch erwähnen, muss sie noch, ja, muss sie? Sie weiß natürlich, dass ich sie gestohlen habe, ihre Stiefel, ihre Babys, aber wieso, warum, womit hat sie etwas so Infames verdient? Und wann will ich denn die Stiefel bitte schön zurückbringen? Und natürlich kennt sie das alte Sprichwort, dem zufolge seine Füße behält, wer seine Schuhe verliert, und das gilt wohl auch, wenn man seine Schuhe nicht verliert, sondern wenn sie einem gestohlen werden, aber sei es, wie es sei, falls mein plattfüßiges Gewatschel das erlesene Leder auch nur einen Hauch gedehnt haben sollte, dann Gott im Himmel – oder wo auch immer sich die Götter rumtreiben, die eine Schuhe stehlende Diebin als Gottheit begreift –, dann Himmel, Arsch und Lacklederkratzer würde sie mir aber eine Lektion erteilen, dann müsse ich aber bezahlen.

Der Fernseher erfüllt die Leitung mit Geräuschen, als würde die Welt zermalmt.

»Bleibst du noch lange weg?«, fragt mein blauäugiger Versicherungsvertreterfreund, seines Zeichens Spezialist für den Realwert meiner menschlichen Existenz.

»Wahrscheinlich nicht«, sage ich. »Aber die Sache ist, wir müssen hier noch jede Menge schaffen.« Der Satz gefällt mir. Es fühlt sich an, als würde ich sagen: Das ist meine Sache, was hast du damit zu schaffen?

»Mach dir keine Sorgen«, sagt er. »Solange du weg bist, passen wir gut aufeinander auf.«

Mit einem gedehnten *Super* bekunde ich Zustimmung. Gleichzeitig fühle ich mich leer wie eine Höhle, und bevor ich mich richtig verabschieden kann, bricht die Verbindung ab.

Worin die Arbeit an Bord wirklich besteht, weiß ich nicht, aber das ist nichts Ungewöhnliches. Wir sitzen im Krähennest, und Pearl erklärt mir, dass wir Investoren suchen und wenn nötig auch stehlen. Bald gehen wir auf die Suche nach Venture-Kapital.

»Der Kapitän sagt Adventure-Kapital dazu«, erklärt sie, und ihre Füße baumeln über Deck, umkreisen einander wie Vögel, eine Verfolgungsjagd im Miniaturformat. »Beute machen«, flüstert sie.

»Und ist das gefährlich?«, frage ich.

»Klar«, sagt sie, »aber ein Tacker in den falschen Händen ist auch gefährlich.«

Pearl ist eine erfahrene Verhandlerin, ihre Räuberpistolensammlung wird mit jedem Auftrag größer. Sie schaukelt Bilderbuchbeutezüge und lässt ihre Opfer glauben, sie hätten die Sache für sich entschieden. *Wir sollten nach einer Lösung suchen, die für beide Seiten befriedigend ist*, sagt sie, während ihre Schiffskameraden brandschatzen und plündern. Diese Taktik ist ihr Markenzeichen. Sie brüstet sich, dass sie den Kapitän dazu bringen könnte, sie zur alleinigen Kapitänin zu befördern. (»Doppelspitze? Niemals!«) Dass sie den Himmel dazu bringen könnte, zu donnern. Dass sie einen Fisch dazu bringen könnte, zu fliegen.

»Wie Fliegende Fische, meinst du?«, frage ich.

»Nein, wie Möwen. Wie diese mistigen Möwen.«

Sie stört sich daran, dass keiner ihrer Kollegen eine Augenklappe trägt. »Der Job wäre so viel einfacher«, sagt sie und will mich dazu überreden, ein Vintage-Modell aus braunem Leder mit filigraner Totenkopfstickerei anzulegen.

»Würde unserer visuellen Markensprache gut zu Gesicht stehen«, sagt sie.

»Lieber nicht, danke.«

»Aber die passt doch so gut zu deinen Haaren!«

»Wirklich, danke. Ich brauche keine Augenklappe.«

»Also wenn's weiter nichts ist, kann ich dafür sorgen, dass sich das ändert, *für immer*«, schlägt Pearl vor. Würde mir Pearl ein Auge ausstechen, nur für den Look? Wahrscheinlich gibt es Leute, die nur für den Look noch viel weiter gehen würden.

»Was ich eigentlich meinte«, sage ich, »würde die Augenklappe dem Ersten Offizier der Personalabteilung nicht viel besser stehen?«

»Dem?«, fragt sie. Vielleicht bemerkt sie, dass sich meine Züge verhärten, und reitet deswegen nicht weiter auf der Sache rum. »Okay«, sagt sie, »Herausforderung angenommen«, und steckt die Augenklappe in ihre Hosentasche.

Der Mann mit den langen wuscheligen Haaren kommt ins Krähennest, um seiner Papageienpflicht nachzugehen, also klettern wir runter und überlassen ihn seiner gefiederten Arbeit. Als ich mich noch einmal nach ihm umdrehe, sieht er mich an, mit seinem richtigen Gesicht, das zugleich härter und weicher aussieht als das andere.

An unserem freien Tag ziehen Pearl und ich eirunde Bahnen übers Deck, die jedes Gespräch befeuern. »Spaziergänge lockern die Zungenmuskulatur«, pflegt mein Freund, der ständig in die Muckibude rennt, zu sagen, und auch der, der ständig in Kaufhäuser rennt, schwört auf ausgiebiges Bummeln. Pearl läuft auf dem Umkreis unserer Eier und ich in ihrem Inneren. Wir mögen beide Popcorn. Wir mögen beide, wie sich die Haut nach einem Sonnenbrand pellt. Wir hinterlassen beide schlechte erste Eindrücke. Ich greife nach meinem Portemonnaie, öffne die Harmonika mit meinen Freunden, die sich auf den Boden faltet. Pearl begutachtet voller Respekt und Interesse ihre Gesichter.

»Hübsches Kinn«, sagt sie. Hübsches dies, hübsches das.

Wir trinken Weinbrand, und Pearl zeigt mir geduldig, wie man Buckelknoten, Halbschlag und Palstek knotet. Von der rauen Leine werden meine Finger ganz spröde.

»Hier«, sagt sie und massiert meine Hände mit einer kühlenden Salbe. Händehalten ist angenehm, auch wenn es hier eigentlich nicht ums Händchenhalten geht, denn das Händchenhalten ist nur die Folge einer vom Händchenhalten unabhängigen Handlung.

»Und jetzt auseinanderknoten!«, sagt sie mit ihrer liebreizenden, klangvollen, überzeugenden Stimme. Meine Finger machen sich über die Knoten her und pfriemeln, was das Zeug hält.

»Du bist ein Naturtalent«, sagt sie, als sie meinen ersten Trompetenknoten sieht. »Darla wäre beeindruckt.«

»Ich hab kein Talent, für nichts«, sage ich und reibe mir die Hände. »Du schon, du bist wie geboren für das alles hier«, sage ich, und das Messer des Neids fährt mir scharf zwischen die Rippen.

Pearl runzelt die Stirn. »Woher willst du denn wissen, wofür ich wie geboren bin und wofür nicht?«

Sie hat recht. Was weiß ich schon von der Welt? Pearl sitzt in ihrem Stuhl und streicht sich mit der Hand übers Gesicht, so als würde sie sich eine Maske aufsetzen oder abnehmen. So sieht jemand aus, dem die Vergangenheit in die Kehle fährt, und jetzt, ich weiß es, soll ich mir eine Geschichte anhören – ihre Geschichte.

»Beinah wäre ich gar nicht geboren worden«, sagt Pearl. »Und auf keinen Fall bin ich die geborene Piratin. Meine Geburt war das Ergebnis eines letzten Versuchs, ein Ersatz für zuvor verunglückte Schwangerschaften. Ich war sehr klein und viel zu früh dran. Das ist auch der Grund, weswegen ich mein ganzes Leben pünktlich sein wollte.«

»Pünktlichkeit ist entscheidend!«, sage ich.

»Stimmt«, sagt sie. »Zu wissen, wo man wann sein soll, ist eine gute Sache. Und wenn ich weiter pünktlich bin, das weiß ich, kann ich ab und zu eine Lücke schließen, die von jemandem hinterlassen wurde, der zu spät oder zu früh gekommen ist.«

»Das könnte man als Vorteil bezeichnen«, sage ich.

»Könnte man. Es hat seine Vorteile, Lücken zu schlie-ßen. Hier auf dem Schiff habe ich eine Lücke geschlossen, die eine Frau namens Pearl hinterlassen hat. Sie ist nie zurückgekommen. Zwei Jahre ist das jetzt her. Jetzt bin ich die fest angestellte Ersatz-Pearl.«

»Du bist die einzige Pearl, die ich kenne, und deswegen bist du einfach nur die patente Pearl für mich.«

»Danke, das ist sehr nett von dir. Aber ich kann nie ein-fach nur die patente Pearl sein. Ohne Beständigkeit bin und bleibe ich ein Niemand. Ich kann nur versuchen, dich davon zu überzeugen, dass ich das Zielsubjekt meiner derzeitigen Annäherungsbemühungen überzeugend ver-körpere.«

»Klar.«

»Wie im *Großen Buch der Piratenprobleme*«, sagt Pearl. »Orientierungsverlust auf hoher See.«

Pearl bringt mir alle Knoten bei, Knoten, wie ich sie noch nie gesehen habe. Einer sieht wie ein Fisch aus, heißt aber Vogel. Eine bestimmte Abfolge von Knoten ergibt richtig geknüpft eine Art Schriftcode. Pearl zeigt mir auch den Evolutionsknoten, der so heißt, weil er sich mit der Zeit immer fester zusammenzieht. Wenn man ihn einen Monat sich selbst überlässt, wird er fester als die knorrigen Wurzeln eines alten Baums. Auf dem Meeresgrund befinden sich Evolutionsknoten in versunkenen Schiffen, die zu den verschlungensten Verschlingungen der Welt gehören.

Es ist spät, der Himmel kippt sein glühendes Gold übers Deck. Bei Neumond veranstalten die Piraten einen Filmabend. Teambuilding. Der Projektor hängt an einem Haken, die Segel werden zur Leinwand umfunktioniert. Männer und Frauen in Schwarz-Weiß, hoch wie ein Miets-haus, bauschen und blähen sich im Wind. Der Piraten-kapitän hat eine Schwäche für Klassiker und grinst wie ein Honigkuchenpferd.

»In diesem Sommer steht eine Retrospektive auf dem Programm«, sagt er. »Motto: Meine Lieblingsfilme.«

Wären die Schauspieler nicht so elegant, wir würden sie für auf dem Wasser stehende Riesen halten, die uns unter dem Gewicht ihrer rhetorischen Finessen, ihrer Bonmots und Spitzen zerschmettern, mit ihren rasanten Dialogen, die vor allem eines verraten: dass letzten Endes alle ver-liebt sind, aber immer erst zum Schluss. Ein schnelles, po-chendes Geschöpf ist das Herz, ein Metronom für schlag-fertige Zungen. Niemand holt Luft beim Sprechen, damit niemand plötzlich tot umfällt, ohne über seine Gefühle ge-sprochen zu haben. Das letzte Bild zeigt immer eine innige Umarmung, eine Wiederbelebung. Viel bräuchte es nicht, mich diese Nacht ins Krähennest zu locken, in den Armen dieser Figuren zu liegen, dieser Menschen, die anderen Menschen etwas vormachen.

Pearl sitzt neben mir und lässt mich von ihrem Popcorn

essen. Mit einem Gefühl der Zärtlichkeit erinnere ich mich an die bedauernswerten Körner, die in der Omni-Corp-Mikrowelle klebten. Das, was ich fühle, ist kein Heimweh. Jobweh. Wellenweh. Wenn ich lache, lacht auch Pearl, und ich weiß, dass der Film ab jetzt ein Witz zwischen uns sein wird, der Plot so realistisch wie etwas, das uns und nur uns passiert ist, in diesem unserem Leben, uns beiden.

Wir gehen zurück in unsere Kojen. Auf Höhe des Personalers gehe ich schneller, aber nicht so schnell, dass Pearl etwas bemerken würde. Vor meiner Koje greift sie nach meiner spröden rissigen Hand mit den buttrigen Relikten des ersten schönen Abends, dem noch viele schöne Abende folgen werden.

»Darla ist meine beste Freundin«, sagt sie.

»Ich weiß«, sage ich.

»Wenn sie nicht zurückkommt ... vielleicht ... könntest du dann Darla sein.«

Unbefristet Darla sein, denke ich. Wäre das Beständigkeit genug?

»Vielleicht könntest du meine beste Freundin werden«, sagt Pearl, und ich fühle, wie ich mich fülle, als wäre ich etwas Leeres, Wildes, Hungerndes. Aber klar, klar, klar nehme ich die Augenklappe! Ich trage sie sogar. Sie zupft sie zurecht, und ihre Finger verweilen in meinem Gesicht, auf meiner Wange. Wir legen uns in meine Koje und üben weiter, diesmal einen anderen Knoten.

Wenn eine Aushilfe schwanger ist, wird die Zeit nicht in Wochen, sondern Stunden gemessen. Wir, die wir pro Stunde bezahlt werden, tragen auch unsere Leibesfrucht im Stundentakt. Meine Mutter war 6450 Stunden mit mir schwanger und hat während des Großteils davon steuerpflichtige Arbeit verrichtet, hat Akten abgelegt, hat Tabellen erstellt, hat am Schreibtisch Nudeln gegessen, hat sich mit einem Kissen unter den Füßen auf die Couch gelegt, hat Spaziergänge durch die Stadt unternommen und dabei beruhigende Musik gehört, hat Gummisäume in ihre Hosen genäht, hat den Bus zur Arbeit genommen, hat Nudeln gegessen, hat Tabellen erstellt, hat Strampler genäht, hat aus Angst davor, gekündigt zu werden, ihren Bauch unter weiten Pullovern versteckt, hat die U-Bahn zur Arbeit genommen, hat immer mehr zugenommen, hat Tabellen erstellt, hat ihre geschwollenen Füße aufs Kissen gelegt, hat weite Pullover noch weiter gemacht, hat Spaziergänge unternommen, Musik, noch mehr Nudeln.

»Pass bloß auf, sonst wirst du noch *arbeitslos*«, hat meine Großmutter zu meiner Mutter gesagt. Nie zuvor hatte meine Mutter dieses Wort aus dem Mund meiner Großmutter vernommen.

»Doch nicht vor dem Baby!«, sagte meine Mutter und legte die Hand auf ihren Bauch.

»Pass bloß auf, sonst endest du noch als Hexenangestellte«, sagte meine Großmutter.

Was keine bloße Redewendung war. Nichts ist schlimmer als Hexenarbeit, nichts beschämender. Hexenarbeit ist die letzte Option für schwer vermittelbare Aushilfen, und in der 4016. Stunde landete meine Mutter genau dort, bei einer Hexe.

Mit Einzelheiten hielt sich meine Mutter zurück.

»Papierkram vor allem«, sagte sie immer, wenn ich mir die Augen zuhielt und sie fragte. Ich stellte mir wunderbare und übernatürliche Schrecken vor.

»Kesselschrubben, klar. Zauberspruchkorrektorate. Zaubertrankfaktenchecks. Ab und zu auch mal eine Friedhofsmobilmachung und unterirdische Rituale.«

Mir klappte die Kinnlade runter, meine Mutter strich sich die Bluse glatt.

»Aber vor allem Besorgungen«, sagte sie.

»Und was ist mit Kobolden?«, fragte ich. »Und mit Besen?«

Aber meine Mutter zuckte immer nur mit den Achseln und aß ihre Nudeln.

In Wahrheit war sie damals besorgt gewesen, dass der Job auf mysteriöse Weise an ihrer Schwangerschaft, und damit an mir, haften bleiben könnte. Wenn sie abends ihre Heimreise antrat, zählte sie jeden Straßenzug aufs Neue die Stunden nach, um sicherzugehen, dass ich nicht zu früh kam, nicht zu spät, sondern auf die Stunde genau und pünktlich wie die Eisenbahn.

Ungefähr in der 6430. Stunde fuhr die Hexe meine Mutter ins Krankenhaus.

»Mit dem Auto? Wieso hat sie dich nicht einfach geflogen?«, fragte ich.

Meine Mutter lachte. »Versuch du mal mit einer Hochschwangeren auf dem Rücken zu fliegen!«

Geburtstage sind keine große Sache für Aushilfen. Meist übernimmt man den Geburtstag der Arbeitskraft, die man vertritt. Kein Kuchen, keine Papierschlangen, keine großen Buchstaben, die sich auf eine Schnur gereiht durchs Büro ziehen, es sei denn, es steht »Glückwunsch, Karen« drauf und man vertritt Karen an ihrem Geburtstag. Trotzdem erwache ich jedes Jahr an meinem Geburtstag auf die Minute genau in der Stunde meiner Geburt. Trotzdem kann ich mich an die Nacht erinnern, in der ich in die Welt und die Arme meiner Mutter kam und weitergereicht wurde zu meiner am Fenster sitzenden Großmutter und schließlich in die zierlichen Hände der Hexe.

Ich habe es ihr nie gesagt, aber meine Mutter hatte den richtigen Riecher, etwas ist an mir haften geblieben. Weil mir die Hexe mit dem Daumen über die Stirn strich, muss ich mich jedes Jahr an den Tag meiner Geburt erinnern, bin ich gezwungen, auch dann, wenn ich nicht aus meiner fremden Haut kann, einen Teil von mir anzuerkennen.

Das ist es, worüber ich nachdenke, am Abend des Tages, an dem ich geboren wurde, während ich in Gestalt von Darla neben Pearl liege, den Kopf auf dem Kissen, die Hände unter der Wange.

Ich werde von Geschrei geweckt, dann höre ich lautes Platschen und das Rasseln von Ketten.

»Pearl«, sage ich und rüttle an ihr. »Was ist das, Pearl?«

Sie schnarcht, dreht sich um, macht sich breit wie eine Flunder.

Ich stehe auf, ziehe mich den steilen Niedergang hinauf, langsam, ich will niemanden stören. Die Szenerie: ein kleines Boot neben unserem Schiff, voller Menschen. Die Menschen werden nacheinander an Bord und unter Deck getragen. Ich erinnere mich daran, wie der Erste Offizier des Personalmanagements meinen seekranken Körper trug. Jetzt trägt er eine andere junge Frau auf dieselbe Art. Adventure-Kapital.

Ich verstecke mich unter einer Plane und beobachte mit unverklapptem Auge die Gefangennahme. Mit Pearls Augenklappe kann ich zwischen Ober- und Unterdeck wechseln, zwischen Licht und Dunkel, so kann ich immer gut sehen, ohne geblendet zu werden. Unter der Plane habe ich vielleicht nur eingeschränkte Sicht, aber was ich sehen will, das sehe ich.

Die Gefangennahme kommt ohne traditionelle Formen der Kaltblütigkeit aus. Niemandem wird körperliche Gewalt angetan, aber überall ist Gewalt. Überall sind Waffen im Anschlag.

»Lasst uns das hier friedlich über die Bühne bringen!«, sagt der Assistent der Geschäftsleitung mit ausgebreiteten Armen, in jeder Hand einen Dolch.

Das Gesicht des Kapitäns ist so nah, ich könnte es berühren. Vielleicht ist es das Mondlicht oder der Wind, vielleicht sind es die Nadelspitzen der eisigen Gischt, die ihn und seine Stammbesatzung treffen, aber ich erkenne ihn nicht wieder, in dieser seltsam kantigen Visage, meinen netten Chef von vor ein paar Stunden. Gift sprüht ihm aus den Augenwinkeln, und sein kleiner spitzer Mund sitzt ihm grimmig im Gesicht. Für einen kurzen Moment sehe ich, scharf und aufeinandergepresst, seine Zähne.

Die letzten Geiseln werden in den Schiffskerker gebracht, und ich, ich schleiche mich in mein Quartier zurück, wo ich Pearl erwarte, unter der Decke, kalt und klamm. Aber die Koje ist leer. Von jetzt an werde ich dazu übergehen, meine Tür nachts zu verbarrikadieren. Nächtliche Ausflüge finden nur noch in den Grenzen meiner Kajüte statt. Ich werde die Doppelstockkoje hoch- und runterklettern, bis ich meine Matrosenmuskeln spielen lassen und mich gegen jede erdenkliche Niedertracht zur Wehr setzen kann.

Am Morgen erwarte ich eine Betriebsversammlung. Alle Mann an Deck, wie man hier sagt. Aber nichts passiert. Der Tag vergeht, dann noch einer. Ich knote Knoten und knote die Knoten wieder auf. Ich sorge für einen sauberen, ordentlichen Schreibtisch. Niemand sagt ein Wort zu unserer Übernahme. Fusion? Übernahme. An Land würde ich das Personalmanagement konsultieren, aber ich bin hier nicht an Land. Das gekaperte Schiff ist verschwunden. Liegt vielleicht auf dem Meeresgrund, aber auch das ist nur eine Vermutung.

Ich gehe Pearl hinterher, vielleicht kann ich mit ihr reden.

»Hast du einen Moment?«, rufe ich ihr nach.

»Tut mir leid, ich ertrinke in Arbeit!«

Sie sprintet los, dreht sich sprintend noch einmal um:

»Ich ertrinke nicht wirklich!« Sie lächelt, damit ich weiß, dass wir noch beste Freundinnen sind.

Alle lächeln. Beim Abendessen wird gelächelt, beim Frühstück wird gelächelt, noch lang nach den Mahlzeiten und bis in den Abend, wenn das Bockbier die Runde macht, wird gelächelt. Alle sind guter Dinge, und allmählich bekomme ich Angst, dass ich mir das, was in der Nacht passiert ist, nur eingebildet habe. Vielleicht ist nichts davon passiert, vielleicht handelt es sich nur um einen neuen Trick des Vorstandsvorsitzenden. Ich habe Bedenken zu sagen, was ich weiß, aus Angst, mein Spionieren und Schnüffeln könnte Darla aufs unverzeihlichste kompromittiert haben. Ich kralle mich an das, was ich zu wissen meine, wie an einen Rettungsring, und frage mich, ob jemand anderes ertrinken muss, weil ich mein Geheimnis für mich behalte.

Ein weiterer Tag vergeht. Und noch einer.

Dann ist Zahltag. Der Papagei-Mann bringt mir eine kleine Schachtel an den Schreibtisch, die ich in seiner Gegenwart aufreiße. Darin liegt, in ein Papiertaschentuch gewickelt, eine mit funkelnden Steinen besetzte Brosche in Form eines Nautilus.

»Passt doch, oder?«, fragt er. »Zu unserem Leben auf hoher See.«

»Guck mal! Mein Armband!« Pearl steckt den Kopf ins Büro und zeigt mir ihr Handgelenk. »Echte Perlen!«

Seidentücher, Halsketten, goldene Gürtelschnallen werden verteilt. Die einen bekommen Münzen, die anderen bekommen Scheine. Wir sind wert, was wir wert sind. Mit der blitzenden Brosche in der Hand denke ich an die Gefangenen unten im Schiff, an die schlotternden Hosen, die nackten Handgelenke und Hälse, die leeren

Taschen. Ich lege die Brosche zu meinen Rubinen, meinen Gehaltsschecks, meinem neuen Besitz. Vielleicht, denke ich, ist der Schmuck nur einen Apfel wert, vielleicht auch nur ein Ei. Vielleicht hat er auch gar keinen, nicht einmal ideellen Wert. Vielleicht hat die Brosche auch nicht den Gefangenen gehört, nicht im Sinne des Angehörens und Dazugehörens jedenfalls, aber woher will ich bitte schön wissen, was es bedeutet anzugehören und dazuzugehören, zu einem Menschen, einem Ort, einer Zeit. Das heißt: Vielleicht hat eine der Gefangenen einer anderen Gefangenen die Brosche gestohlen, und diese bestohlene Gefangene wiederum hatte die Brosche von noch einer anderen bestohlenen Gefangenen, und diese von noch einer anderen, und diese von noch einer anderen, und diese von noch einer anderen, und diese von noch einer anderen: Provenienz unbekannt. Wenn ich mir das Verbrechen über mehrere Ecken vom Leibe halte, fühlt es sich gleich weniger verbrecherisch an.

Ich will mir nicht so viele Gedanken machen und einfach jeden Tag lügen, ich übe vor allem, indem ich mich selbst belüge.

Als die Knöchel des Kapitäns an meine Tür klopfen, ist eine ganze Woche vergangen.

»Ja?«

»Heute machst du Inventur«, sagt er und lächelt, »mir nach!«

Ich reiße mich zusammen und folge dem Kapitän in den Kerker, wo die Gefangenen sitzen, Schach spielen, schlummern. Alle wirken erholt und satt, nirgends Blutergüsse, nirgends Blut. Dafür, dass wir im Kerker sind, riecht es erstaunlich gut, und dafür bin ich dankbar. Alle sehen überraschend okay aus. Andererseits, auch ich sehe okay aus.

»Pro Person eine Akte«, sagt er und reicht mir Schreibblock und Filzstift. »Die üblichen Fragen.«

Ich ziehe mir einen Stuhl ans Kerkergitter. Ich fahre mir mit der Hand übers Gesicht, als würde ich eine Maske absetzen oder aufsetzen, als würde ich mich auf ihre Geschichten vorbereiten. Alter: vierundzwanzig bis fünfundachtzig. Größe, Gewicht, Kleidergröße, XS bis XL. Blaue versus braune versus haselnussbraune Augen, unterschiedliche Haarfarben, Haarlängen, Haarbeschaffenheiten. Wo sehen Sie sich in fünf Jahren? Wann schlafen Sie ein? Wann stehen Sie auf? Was ist Ihre größte Schwäche, und sagen Sie jetzt nicht, dass Sie zu perfektionistisch sind. Wie viele Zähne haben Sie im Mund? Was hatten Sie auf offener See zu suchen?

»Arbeitsausflug!«, sagt einer der Gefangenen.

»Ich hatte als Teambuilding-Maßnahme ein Glasbodenboot gemietet«, sagt eine Frau, vermutlich die Chefin. »Ich bin die Chefin«, flüstert sie und windet sich auf dem Kerkerboden, die Bewegung schreit: *Alles meine Schuld!*

»Wir haben viele Fische gesehen! Lauter verschiedene Fische!«

»Ich habe einen Hai gesehen!«, sagt jemand.

»Quatsch, du hast keinen Hai gesehen, das war doch kein Hai.«

»Joe hat die ganze Zeit auf den Glasboden gestarrt und gespiegelte Ärsche begafft.«

»Hat Joe nicht!«, sagt Joe.

»Quallen, so weit das Auge reicht, in allen Farben des Regenbogens schillernde Quallen!«

»Wir haben alle nach unten geguckt«, sagt die Chefin, »als ihr uns gefangen genommen habt.«

»Zurück zur Inventur«, sage ich und weiß nicht, wie ich weitermachen soll.

Eckdaten. Ausbildung. Religion. Besondere Qualifikationen. Vorherige Entführungen. Zukunftspläne. Alltagskompetenzen. Beziehungen. Kinder, Haustiere, Söhne, Töchter, Zwillinge, ältere Schwestern, ältere Brüder. Ehepartner, anwesend, abwesend, verwesend. Erste Lieben. Letzte Mahlzeiten.

»Heute zuletzt gegessene Mahlzeiten?«, will ein Gefangener wissen.

»Doch keine Henkersmahlzeiten, oder?«, quiekst Joe und tritt vor.

»Ich weiß nicht«, sage ich, und das ist nicht gelogen.

Heldentaten. Gräueltaten. Alte Frau mit schweren Einkaufstüten. Hund im Baum.

»Sitzen nicht normalerweise Katzen in Bäumen fest?«, frage ich.

»Deswegen war es ja auch eine besonders heldenhafte Tat!«, sagt die Frau, die den Hund aus dem Baum gerettet hat.

Besonderheiten, die ihnen das Leben retten könnten? Besonderheiten, die ihr Leben verständlich machen könnten? Urlaube, Dates und Albträume, schlechte Jahre und langweilige Entscheidungen? Die Quintessenz ihrer Misserfolge? Das Grün hinter ihren Ohren? Vorherige Jobs, Jobs, Jobs, Jobs?

Eine Stimme, leise und von ganz hinten: »Mein Job ist, dass ich mal auf diesem Schiff gearbeitet habe.«

Eine Frau im Patchwork-Rock tritt vor. Die Luft wird auf einen Schlag dick, bleibt mir im Hals stecken, raubt mir den Atem.

Nach einem Moment der Stille sagt sie: »Ich heiße Pearl.«

»Klar lügt die!«, sagt Pearl. Meine Pearl.

Die gesamte Crew versammelt sich im Kerker, um die Frau zu sehen, die vorgibt, die ursprüngliche Pearl zu sein.

»Wieso sollte ich in dieser Angelegenheit lügen?«, fragt die ursprüngliche Pearl. Sie klingt weder panisch noch gefasst. Ihre Stimme ist ein straff gedehntes Gummi. Das Gedehnte ist die unsichtbare, unmerkliche Anstrengung. Sie ist etwa zehn Jahre jünger als meine Pearl, die beiden sehen sich kein bisschen ähnlich. Jede Diskussion sollte sich erübrigen, theoretisch. Diese Pearl ist groß, schlaksig, gerade Linien, lange Glieder. Meine Pearl ist kleiner als ich, kurvig in ihrem Patchwork-Rock und ihrer zerknitterten Bluse.

»Schau dir mal ihren Rock an«, sagt Pearl, meine Pearl, und legt die Hand auf meine Schulter. »Der totale Abklatsch.«

»Vielleicht ist sie Pearl, vielleicht ist sie aber auch nicht Pearl«, sagt der Kapitän und begutachtet das Gesicht der Gefangenen. »Aber wie soll ich das wissen? Ihre Gehaltsklasse lag weit unter meiner. Werde ich etwa dafür bezahlt, nach unten zu gucken?« Ein Funke des Erkennens blitzt in seinen Augen, er dreht sich zu unserer Pearl, will Bestätigung oder eine Erklärung.

»Sie kann es nicht sein, das wäre unlogisch«, sagt meine Pearl. »Denn ich bin die ursprüngliche Pearl!«

Das Piratenkollegium tuschelt, glotzt und murmelt, ist maßlos ratlos. Staunend höre ich mit an, wie Pearl alle davon überzeugt, dass es vor ihr nie eine Pearl gegeben hat und dass keine Pearl sie je ersetzen könnte.

»Erinnert euch doch! An alles, was passiert ist!«, sagt sie. »An das nigelnagelneue, frisch aus dem Dock geklaute Schiff. An die vielen Momente, die wir miteinander erlebt haben. Seht mich an! Mich, die ich Belege ablegte. Mich, die ich Plünderungen anregte. Mich, die ich Affären mit euch hatte und Rollmops mit euch aß. Mich, die ich für euch log und euch verpfiff. Mich, die ich eure Bärte trimmte, eure Haare schnitt, eure Männerbrüste wachste. Mich, die ich die Champagnerflasche gegen den Schiffsrumpf schmiss. Mich, die ich ein Netz mit vierhundert Blaubarschen anmutig aus den salzigen Untiefen hievte.«

»Aber das war alles ich! Das bin doch alles ich gewesen!«, sagt Kerker-Pearl, jetzt heftiger, ängstlicher. »Das habe ich dir alles erzählt, als du gekommen bist, um mich zu vertreten. Das habe alles ich dir gesagt.«

»Ich, die ich ein Verfahrenshandbuch über den Umgang mit Lügnerinnen, Verräterinnen und Piratendeserteurinnen verfasste!«

»Das Handbuch ist von mir!«, sagt die ursprüngliche Pearl verzweifelt. Aber ist sie überhaupt noch Pearl? Kann sie noch die Ur-Pearl sein? Allmählich stelle ich mir diese Frage. Das alles ist sehr überzeugend. Das alles ist sehr verwirrend. Menschen sind nie genau das, was sie behaupten zu sein, aber manche Menschen sind es ein bisschen mehr als andere. Wer sagt, dass Kerker-Pearl nach ihrer langen Abwesenheit überhaupt noch Pearl ist? Wer sagt, dass ich in einem Jahr noch ich bin? In zwanzig Jahren könnte eine andere mein aktuelles Ich besser verwirklichen, als es mir je möglich gewesen wäre.

Kerker-Pearl weint. »Mein Handbuch«, stammelt sie.

»Wenn du das Handbuch geschrieben hast, dürftest du mit dem Standardverfahren vertraut sein«, sagt unsere

Pearl. »Dann weißt du auch, dass nun die Zeit gekommen ist, einen Schnitt zu machen!«

»Hurra!«, ruft die Piratencrew, und meine beste Freundin Pearl stellt sich auf einen Hocker.

»Jetzt kommt das Wichtigste«, erklärt sie, und ihre Stimme klingt nicht mehr so heftig. »Angenommen, die Frau in der Zelle ist die echte Pearl. Angenommen, sie ist nicht die verlogene, verräterische Gefangene, als die wir sie kennengelernt haben. Angenommen, sie sieht nur halb so gut aus wie ich. Angenommen sogar, sie kann drei Viertel meines atemberaubenden Sex-Appeals für sich beanspruchen. Und angenommen, hochverehrter Kapitän, dieser wenig beeindruckende Patchwork-Sack ist eine von dir höchstpersönlich gezahlte Heuer. Selbst wenn diese Kreatur in ihrem Lumpenrock die ist, die sie vorgibt zu sein, obwohl wir wissen, dass sie es nicht ist, fordere ich euch heraus, euch alle, mir einen neuen Namen zu geben, der nicht Pearl ist, und sofort werde ich mit dieser Knochenkiste da tauschen und mich in Ketten werfen lassen. Ich frage euch: Wenn ich nicht Pearl bin, wer bin ich dann? Sagt es mir! Wie heiße ich?«

Die Piratencrew tobte vor Begeisterung, denn wenn sie meine Freundin sehen, dann sehen sie nur Pearl. »Hurra«, rufen sie wieder, »hurra!«

»Ich frage euch: Beurteilen wir, die furchtbarsten Seeräuber der Welt, die Dinge danach, wie sie angefangen haben? Spielt es eine Rolle, wer den Fraß gemacht hat, den ein anderer serviert? Spielt es eine Rolle, wer das Kleid genäht hat, das eine andere trägt? Die Frau, die den Job zu Ende gebracht hat, hat den Job erledigt!«

»Abhacken! Abhacken! Hackt der Hochstaplerin den Arm ab!«, ruft jemand.

»Wir alle wissen«, sagt meine beste Freundin, »wer die Sache übernimmt.«

Die Männer und Frauen treten zurück, bis nur ich in der Mitte stehe, von allen umringt. Pearl reicht mir ein Messer, größer als alle Messer, die ich je gesehen habe, größer noch als die heiß geliebten Profischlachtermesser meines Gourmetfreunds.

»Also das ist definitiv Darlas Job«, sagt der Kapitän mit vor der Brust verschränkten Armen. »Keine Frage.«

»Ein Arm reicht!«, sagt Pearl, und die Crew überlässt mich meiner Arbeit.

Etwa eine Stunde nach Morgengrauen bemerkt meine beste Freundin Pearl, dass die angeblich ursprüngliche Pearl nicht mehr im Kerker ist. Sie ist nirgendwo mehr zu finden.

»Und?«, fragt Pearl mich mit einem Funkeln in den Augen, vor dem mein Körper zurückweicht. Um sie versammelt sich eine Piratenmeute mit Dolchen und Schwertern. Sie sind zu mir an den Schreibtisch gekommen.

»Ist erledigt«, sage ich mit nüchterner, sachlicher Miene.

»Und?«, fragt Pearl weiter. »Wo ist sie?«

»Nicht länger unter uns«, erkläre ich. »Du musst keinen Gedanken mehr an sie verschwenden.«

»Hast du ihr den Arm abgeschnitten?« Pearl wirkt allmählich frustriert. Der Kapitän linst um die Ecke, lehnt sich dann in die Tür und hört zu.

»Nicht nur«, sage ich. »Ich habe vorsichtshalber auch den Kopf abgehackt.«

Der Erste Offizier des Personalmanagements japst nach Luft. Ein anderer wird ohnmächtig. Die Frau des Piratenkapitäns hebt die Hand vor den Mund. Der Papagei-Mann verengt seine Augen zu Schlitzen.

Pearl lächelt. »Glaub ich dir nicht.« Ich wusste, dass sie mir nicht glauben würde.

»Was ist laut dem *Großen Buch der Piratenprobleme*«, versuche ich mit klarer, deutlicher Stimme, »das wichtigste Problem von allen?«

»Das Problem der Beweislast!«, quäkt der Assistent der Geschäftsleitung, der sich nicht zurückhalten kann.

»Stimmt«, sagt der Kapitän. »Wir, das Piratenvolk, bestehen und pochen auf Beweise!«

»So ist es«, sage ich, »und hier ist er, mein Beweis.«

Ich zeige Pearl das blutverschmierte Schwert. Ihr klappt die Kinnlade runter. Jetzt ist sie beeindruckt.

»Ich habe ihr den Kopf abgehackt, die Wirbelsäule hat *knack* gemacht, dann habe ich den Rest besorgt und sie in sechs unterschiedlich großen Teilen den Fischen zum Fraß vorgeworfen. Niemand verbreitet Lügen über meine Freundin Pearl, niemand lügt mir frech ins Gesicht.«

Meine Kameraden applaudieren.

»Jetzt sind wir sie für immer los«, setze ich mit groteskem Aplomb hinzu, »und sie muss für den Rest ihrer Tage Telearbeit verrichten!«

Pearl hält einen Moment lang das blutige Schwert in den Händen, denn ein Messer, das eine Tat wie meine vollbringt, ist kein Messer mehr, sondern ein Schwert. Sie sieht mich lang und überrascht an, und ich habe das Gefühl, dass es eine ganze Weile her ist, dass Pearl von irgendjemandem oder von irgendetwas überrascht war. Dann umarmt sie mich. Eine Wiederbelebung. Alle jubeln. Sie heben mich hoch, tragen mich den Niedergang hinauf und übers Deck. Freudenschreie, Luftsprünge. Hoch soll sie leben, hoch soll sie leben. Alle stimmen mit ein.

»Da! Eine Blutspur, die zur Planke führt!«, ruft jemand.

»Man kann sehen, wo sie die zerhackte Pearl-die-nicht-Pearl-war in ihr nasses Grab gezerrt hat.«

»So viele Beweise, Mensch, quasi überall!«

»Nichts gegen Darla«, höre ich den Assistenten der Geschäftsleitung sagen, »aber diese Frau hier hat noch mehr auf dem Kasten als Darla!«

Wir tanzen und wiegen uns in den Hüften. Ich halte

mich an den anderen fest, damit ich nicht falle. Der Piratenkapitän packt mich und zieht mich bei einer Schnulze fest an sich.

»Wir sollten über deine Zukunft sprechen«, flüstert er mir ins Ohr. »Du hast so viel Potenzial.«

»Aber so was von viel!«, sagt die vorbeiwirbelnde Kapitänsfrau und drückt sich auch noch an mich. Dann tätschelt sie mir den Kopf, und der Kapitän schubst mich in eine Gruppe von Piraten, die mich tanzend in ihre Arme ziehen. Sie werfen mich in die Luft, fangen mich und werfen mich und fangen mich wieder, mit offenen, einladenden Händen.

»Du bist die Beste!«, sagen sie, mit Ausnahme des Ersten Offiziers des Personalmanagements, der weiß, dass er mich nie wieder ansprechen darf.

Mir schwirrt der Kopf vor Glück. Spätnachts, nach all dem Bechern und Wirbeln und Trinken und Hüpfen gehe ich in meine Kajüte. Ich platze beinah innerlich. Ich löse den Verband von der Wunde an meinem Oberschenkel, mit der ich das Schwert besudelt habe. Durch das viele Tanzen hat sich der Schnitt wieder geöffnet. Blut quillt hervor und rinnt in meine gestohlenen Stiefel. Vielleicht werde ich jetzt entfristet? Vielleicht ist dies der Anfang meiner Beständigkeit? Es gibt Berufe, in denen man mit Blut ein ewiges Band knüpft. Und manchmal tut man nur so. Ich verstecke den triefenden Verband unter meinem Kissen und frage mich, ob die Flucht geglückt ist, ob Kerker-Pearl unversehrt das Ufer erreicht hat. Im Aufschieben bin ich unschlagbar. Irgendeine lange Bank findet sich immer. Irgendeine unendlich lange Bank.

Und ist es das jetzt? Gehöre ich jetzt dazu? Noch immer berauscht von den Ereignissen auf Deck mummle ich mich ein. Ich stelle mir diese Frage nicht zum ersten Mal, jetzt, im Halbschlaf, mit hinterm Kopf verschränkten Armen. Ich stellte sie mir auch, nachdem ich einen meiner festen Freunde kennengelernt hatte. Ich stellte sie mir auch in die verschwitzte Ellenbeuge meines Lieblingsfreunds verklemmt, dessen für mich unendlich unbequeme Schlafposition nur ein weiterer Beweis dafür ist, dass er mich so akzeptiert, wie ich bin. Fühlt es sich so an? Frage ich ins Leere. Sogar die Abgeschiedenheit meiner Koje kommt mir besitzergreifend und wahrhaftig vor, nicht einsam, nicht isoliert, sondern in ihrer Behaglichkeit ein Beweis für nahende Beständigkeit.

Mitten in der Nacht höre ich ein ohrenbetäubendes Krachen, dann laute Stimmen, dann verzweifeltes Geschrei. Ich verbinde die Wunde, die ich mir zugefügt habe, und klettere den Niedergang hoch. Zuerst frage ich mich: Wird etwa schon wieder gekapert? Aber dann wird aus Tränen Gelächter, und je höher ich komme, umso deutlicher hört man zwischen den Schluchzern das süße Geläut des Glücks. Diese Tränen sind Tränen der Freude. Auf dem Bugspriet steht die Silhouette einer Frau, standhaft wie jemand im Vollbesitz einer immerwährenden Seele, der so oft von dannen ziehen und wieder zurückkommen darf, wie er will. So trifft die Faust aufs Auge. Jetzt, da ich die wilde See lieben gelernt habe, jetzt, da ich meinen Platz in der Crew gefunden habe, jetzt, da ich mir in den Rollmopspausen das Seemannsknoten-Abc beibringe und der Kapitän mit mir über meine Zukunft sprechen will, just in diesem Moment klettert Pearl auf den Bugspriet, um die Silhouette einer Frau mit einer Umarmungsoffensive zu überrollen: Darla ist zurück.

Darla ist zurück aus Florida, wo sie ihre Großeltern besucht hat.

»Ich und aufhören?«, fragt sie und beißt den Kronkorken von ihrer Bierflasche. »Viel zu viel Freizeit!«

Darla lässt sich nicht lumpen und hat Piratenpräsente mitgebracht. Eine Schneekugel für den Kapitän. Einen Kopf, der rollen musste, für Pearl. Für Leute, die sie nicht so gut kennt, Salzheringe aus den Südstaaten. Ich genehmige mir einen, begeistert vom Teamgeist und untröstlich, dass ich aufhören muss.

Mein Auftrag ist zu Ende. Am nächsten Tag packe ich meine Siebensachen. Meine letzte Heuer besteht aus einer schweren Münze. Am Nachmittag binde ich mir meine Habe um die Brust und gehe über Bord. Ich betrete die Planke, und Darla dankt mir für meine Vertretungsdienste.

»Nach allem, was ich gehört habe, bist du unbezahlbar«, sagt sie und wirft mir den Rettungsring hinterher, um sich erkenntlich zu zeigen. Der Ring treibt weit ab, eine Welle trägt ihn fort. »Nimm's nicht persönlich«, sagt sie. »Ist bloß ein Job!«

»Nichts persönlicher als das!«, rufe ich.

Der Mann mit den langen Haaren wird auch über Bord geworfen. Maurice, der richtige Papagei, ist zurückgekommen, in all seiner gefiederten Pracht, und umkreist zwitschernd und krächzend die Segel.

Der Mann sagt zwar nicht »Hab ich's doch gesagt«, aber sein Blick sagt trotzdem alles.

Ich drehe mich um, zum Kapitän, zu Pearl, zu meinen neuen Freunden. Pearl wendet sich ab, der Kapitän streckt aufmunternd den Daumen hoch. So einen Abschied habe ich mir nicht vorgestellt, andererseits habe ich mir gar keinen Abschied vorgestellt. Es ist mir peinlich, das zuzugeben.

»Mach's gut, Pearl!«, rufe ich, aber Pearl unterhält sich mit ihrer einzigen besten Freundin. Ich weiß jetzt, dass ich kein bisschen wie Darla bin, dass Darla kein bisschen ist wie ich, dass wir einander kein bisschen ähnlich sind. Darla prescht übers Deck wie eine stolze Stute, die Haare zu einem Knoten gebunden, aus dem sich Löckchen lösen. Sie hat Löckchen, wie ich. Niemand kann mir meine Löckchen nehmen, und trotz allem, was mir jetzt passiert, trotz des Schicksals, das mich erwartet, lächle ich. Auch wenn ich nicht mehr da bin, ein Löckchen von mir wird bleiben.

Wir stehen auf der Planke, der Mann, der Maurice war, und ich. Ich habe Angst davor zu springen, aber wegen der Schwerter in unseren Rücken lasse ich mich einfach fallen. Als wir aufs Wasser schlagen, packt er mich an der Hüfte, und bevor wir sinken, presst er mich an seinen Bauch. Salzwasser schlägt über uns und um uns zusammen und in meine Ohren, und ich kann nicht anders, ich muss den Mann für seine Weitsicht respektieren. Ich sehe die Dinge immer erst kommen, wenn sie fast schon eingetreten sind. Bald gehst du über die Planke, hat er vor vielen Wochen gesagt. Die Planke ist jetzt nur noch ein Schatten der Spiegelwelt, die wir verlassen. Sie sieht aus wie eine ausgestreckte Extremität, dann verschwindet sie.

Wir sinken immer tiefer, unter uns öffnet sich die große weite Welt. Die Welt ist tief, die Welt läuft voll. Ich laufe voll. Ich bin seekrank. Mieser Pirat, der nicht maust. Ich öffne die Augen, ich glaube, ich sehe einen Mund, der sich bewegt, ich glaube, ich sehe Blasen, die aus Nasenlöchern schießen. »Schwimm«, sagt der Mund. »Schwimm, als wär's dein Job!« Die langen Haare umkränzen sein Gesicht, und ein Gefühl des Staunens durchflutet mich, über den großen Baum, unter dem ich liege, an einem Sommertag, die Blätter rascheln, so viele Vögel, so viele Insekten, ein Flugzeug hoch über dem Baum, ein schmales Kanu am Ufer des Sees, Wasser, das zu Schlamm wird, das zu Gras wird, und dann schließe ich die Augen.

ERSTE ARBEIT

Meine Mutter hat mir meinen ersten Job besorgt, so wie meine Großmutter ihr.

»Wir arbeiten«, sagte sie, »aber nur für eine gewisse Zeit.«

Sie schlägt das Familienstammbuch auf, in dem alle Aushilfen verzeichnet sind, die vor uns gelebt haben. Meine Tante mit einem Stapel Bewerbungen. Meine Mutter mit einem stilvollen Wegwerfkaffeebecher. Meine Urgroßmutter an und auf einem Schreibtisch, darauf das Namensschild einer anderen Person. »Vertretung!« steht auf der Rückseite des Fotos, in leserlicher, gleichmäßiger Schrift.

»Ich bin nur eine Aushilfe, und du bist auch nur eine Aushilfe«, erklärte mir meine Mutter. »Verstanden?«

Sie musste mir nichts erklären. Das Wissen steckte mir in den Knochen und in den Knien, so wie man manche Dinge weiß, noch bevor sie jemand laut ausspricht. Ich wusste, dass auch ich für den Rest meines Lebens immer wieder neu ankommen würde, immer wieder die Neue sein würde, so wie meine Vorfahrinnen und deren Vorfahrinnen und deren Vorfahrinnen auch. Ich reichte knapp über den Bund des blauen Rocks meiner Mutter, und auf Höhe meiner Augen stülpte sich der Stoff in die Verborgenheit einer Tasche, in der meine Mutter ein Filzstift-Set aufbewahrte, von dem niemand wusste, nur ich.

Drei Stunden lang fuhren wir immer tiefer in die Vororte. Unterwegs hielten wir an, um ein paar Sandwiches zu essen, und sie sagte: »Warum bestellst du nicht für uns beide? Ich vertraue dir.«

Ich bestellte Burger stattdessen, und sie begrüßte meine Initiative.

»Gut improvisiert«, sagte sie mit einem Lächeln und presste das Ketchuptütchen leer. Wir saßen an einer Holzbank unter einer stattlichen Eiche, bis der Burgersaft die Brötchen tränkte und die Vögel die matschigen Pommes für sich beanspruchten. Der nah gelegene See war voller Kinder in Kanus, die ihre Finger durchs Wasser gleiten ließen und kentern wollten, ohne kentern zu wollen. Als ich aufgegessen hatte, legte ich mich ins Gras und sah, wie das Licht durch die Äste fiel, bis sich das Gesicht meiner Mutter in mein Blickfeld schob, ihr Kopf über mir wie ein frisch gebautes Nest.

»Wir müssen los.« Sie lächelte, und wir zwängten uns wieder ins Auto.

Das Radio lief. Wir sangen mit, ein Lied über die Jahreszeiten, eins über ewige Liebe und mehrere Lieder mit wortreichen Metaphern. Sie kurbelte das Fenster auf und dann wieder zu, ihre dunklen kurzen Haare wippten hübsch im Wind. Ich zog ihr ein vereinzeltes Blatt aus einer vereinzelten Strähne.

»Danke, mein Kind«, sagte sie in einem Ton, der zu lieb war, zu reizend, der zurechtrückte, was noch nicht zerrüttet war.

Ich nickte ein, mit dem Kinn auf der Brust, als wäre der Schlaf ein nicht zu Ende geschlagener Purzelbaum. Als ich aufwachte, stand meine Mutter auf dem Seitenstreifen und studierte die Karte.

»Was ist denn?«, fragte ich.

»Ich glaube, wir haben uns verfahren«, sagte sie, dabei wusste ich, dass sie wusste, wohin sie fuhr. In ihren Augen keine Spur vom Flirren der Ratlosigkeit. Abwesend fuhr sie mit dem Finger über die Karte und starrte durch das Papier auf irgendetwas jenseits der sichtbaren Welt. Sie traf eine Entscheidung.

Für einen langen Moment, ein Grübchen im Tag, glaubte ich, sie würde umkehren und mich zurückbringen, in unser Wohnzimmer, in unsere Küche. Staubkörnchen schwebten über dem Armaturenbrett, und der Rückspiegel war voll Aussicht auf eine mögliche Heimkehr. Dann war der Moment zu Ende, der Motor sprang an, und meine Mutter fädelte sich in den Verkehr. Wir fuhren weiter wie geplant.

Als wir an meinem ersten Arbeitsplatz ankamen, schenkte sie mir einen in Leder gebundenen Terminplaner. »Mögen deine Stunden ausgefüllt sein«, sagte sie der Tradition gemäß, »bis ans Ende deiner Tage.«

Ich war das einzige Kind meiner Mutter, und als sie ging, zupfte sie ihre Strumpfhose zurecht.

Mein Arbeitsplatz war ein reizendes Häuschen mit einer reizenden kleinen Tür. In dem Häuschen gab es weitere Türen, um genau zu sein, insgesamt sieben. Meine Aufgabe bestand darin, alle Türen zu öffnen und wieder zu schließen, jeden Tag, den ganzen Tag, alle vierzig Minuten, solange mir nichts Gegenteiliges mitgeteilt wurde. Die laminierten Arbeitsanweisungen klebten auf der Innenseite einer Küchenschranktür, die ich, da die Küchenschranktür keine Tür im engeren Sinne war, kein zweites Mal öffnen und schließen musste, es sei denn, ich hätte es so gewollt.

Meine Lieblingstür war klein und blau. Eine Tür für ein Kind, vielleicht auch ein Tier. Sie befand sich ganz hinten im Haus, und was sie verbarg, war schwer zu sagen. Sie ließ sich immer nur zur Hälfte öffnen. Trotzdem war es wichtig, sie pünktlich zu öffnen, wenn auch nur einen Spalt weit, und später wieder pünktlich zu schließen. Ich hatte eine prächtige glänzende Armbanduhr, mit der ich die Zeit im Blick behielt. Die Zeit behielt aber nicht mich im Blick, und so schossen meine Arme und Beine bald schon in die Länge, und der Rest schoss in die Höhe, und schon war ich erwachsen.

Ich lernte, alles in vierzig Minuten zu tun. Was schneller ging, erledigte ich langsam, alles sollte seine Ordnung haben. Zähneputzen zum Beispiel. Oder Haarekämmen. Ich bin zu einem vierzigminütigen Nieser imstande, eine Fähigkeit, die noch nicht einmal in meinem Lebenslauf steht.

Ich stellte mir vor, dass die Türen in eine Stadt jenseits des Hauses führten, zu einem Wissen irgendwo in den tiefsten Tiefen meines Selbst. Immer wieder schlossen sich die Türen, und doch war es jedes Mal so, als vollzöge sich eine quietschende Öffnung. Vielleicht waren die Türen auch dazu da, das Haus am Leben zu erhalten, so wie die Klappen zu den Vorhöfen des Herzens, vielleicht sorgten sie dafür, dass die benötigte Substanz, welche auch immer es war, in der richtigen Menge und der richtigen Geschwindigkeit durch das Haus gepumpt wurde. Erst das blaue Türchen. Dann die Tür zum großen Zimmer. Dann die Tür zum kleinen Zimmer und die Tür zum Kämmerchen. Dann die Badtür, die Kellertür und die Haustür des reizenden Häuschens.

Auf der anderen Straßenseite lag ein weiteres reizendes Häuschen mit einer reizenden Tür und mit cremeweißen Hortensien. Eines Tages öffnete ich zum vorgeschriebenen Zeitpunkt die Eingangstür meines Häuschens, und die Eingangstür auf der anderen Straßenseite öffnete sich auch. In der Tür stand ein anderes kleines Mädchen, aber klein waren wir eigentlich beide nicht mehr. Sie trug, so wie ich, eine prächtige glänzende Uhr mit einem winzigen Ziffernblatt und einem schmalen goldenen Armband.

Sie hieß Anna, und wir lernten uns mitten auf der ruhigen Straße kennen, auf der, so hatte es den Anschein, nie ein Auto fuhr, abgesehen von dem Lieferwagen, der einmal die Woche kam und Brot und Käse und Eier brachte. Wir warteten auf der Zufahrt, manchmal auf ihrer, manchmal auf meiner, und winkten dem Fahrer, wenn er wieder fuhr.

»Freundschaft?«, fragte ich.

»Nachbarschaft«, sagte sie. Und später: »Einverstanden, Freundschaft.«

Wir spielten die üblichen Spiele. Wir suchten uns Seile und sprangen Seil. Wir suchten uns Münzen und warfen Münzen. Wir schlossen Wetten ab.

»Ich wette, mein Haus wird umgeblasen.«

»Ich wette, mein Haus fliegt davon.«

Wir waren zwei kleine Mädchen mit Häusern und nannten nichts unser Eigen. Wir zeichneten Striche, um die Zeit im Blick zu behalten. Wir zeichneten die Hölle, den Himmel und sprangen hinein. Wir zeichneten Männchen in unsere Planer, aber nur auf Seite eins und Seite zwei. Alle Kindereien sind irgendwann vorbei.

Annas Haus folgte einem anderen Regime. Statt Türen musste Anna stündlich Schubladen öffnen. Kleine Schubladen, große Schubladen, tiefe und flache.

»Manche Schubladen sind leer«, erklärte sie, »und manche nicht.« Weiter sagte sie nichts, und ich bat sie auch nicht darum.

Eines Morgens saßen wir auf Annas Zufahrt und warteten auf den Lieferwagen, der die Lebensmittel brachte.

Sie setzte sich auf die Ladefläche, zog mich an ihre Seite, und der Lieferwagen fuhr los. Wir fuhren über die erste Kreuzung und dann über die zweite.

Ich begriff, dass wir wegfuhren. Und mein Gesicht wurde ganz heiß.

»In vierzig Minuten sind wir zurück, versprochen«, sagte Anna.

Wir fuhren durch die Gegend, in der wir wohnten, und sahen viele Häuser, die wie unsere Häuser aussahen. Als wir an einem Geschäft vorbeikamen, in dem es Eis gab, hüpften wir von der Ladefläche, kippten einen Haufen Münzen auf den Tresen, kauften zwei Eis und spazierten in unsere Straße zurück, Milcheisrinnsale an den Unterarmen. Aber das Eis schmeckte nicht so, wie es schmecken sollte, und ich warf die Waffel in den Rinnstein und rannte in das Haus, um die Türen rechtzeitig zu schließen.

Erst das blaue Türchen. Dann die Tür zum großen Zimmer. Dann die Tür zum kleinen Zimmer und die Tür zum Kämmerchen. Dann die Badtür, die Kellertür und die Haustür des reizenden Häuschens.

Anna hatte kurze Haare, und hinter ihren Ohren kringelten sich zwei Löckchen wie kleine abstehende Flügel. Im Sommer pappte der Pony an ihrer Stirn wie Federn an einem Kunstwerk. Der Pony war ihr Stolz und ihr Ärger und ohne Spangen und Nadeln nicht in den Griff zu bekommen. Anna besaß eine Haarnadel mit einem kleinen aufgeklebten Glitzerstein.

»Ich habe meine Haarnadel in eine von den Schubladen gelegt«, sagte Anna. Ihr Pony poussierte mit ihren Wimpern. »Ist eine alte Gewohnheit, ich dachte, da wär nichts dabei.«

»Und?«

»Ich hab die Schublade zugemacht.« Sie ahmte den Vorgang nach. Ihre Hände spielten Explosion, meinten *Luft* und *aufgelöst.* Wir spazierten über meine Zufahrt, dann über ihre, dann wieder über meine, und die Straße war in unserer Vorstellung ein Graben, und die Zufahrten waren Zugbrücken, die Häuser waren Schlösser, und wir waren die Königinnen. Wir neigten unsere Häupter und knicksten, erst sie und dann ich, und dann spazierten wir weiter.

»Was steht auf deinen laminierten Arbeitsanweisungen?«, fragte ich.

»Nichts über meine Haarnadel.«

»Vielleicht dauert es ein bisschen, einen Tag oder so«, schlug ich vor. »Vielleicht kommt deine Haarnadel dann zurück wie ein Bumerang.« Ich vollführte eine Bumerang-Bewegung, sauste mit ordentlich Schwung von Annas Seite weg und dann an ihre Seite zurück.

Sie lachte hoheitsvoll und ein bisschen geziert. »Na gut«, sagte sie, »na gut, du hast recht.«

Am Tag darauf saß Anna in ihrem Vorgarten auf einem Baumstumpf. Ihr Gesicht hatte eine kränklich-graue Farbe angenommen.

»Ich hab was richtig Schlimmes gemacht«, sagte sie.

Ich legte ihr den Arm um die Schulter.

»Ich konnte meine Haarnadel nicht finden, also hab ich was geklaut.«

»Und was?«

»Etwas Wertvolles«, sagte sie und zeigte mir ein paar Filzstifte, die genauso aussahen wie die meiner Mutter. Ich machte große Augen.

»Wo hast du die her?«, fragte ich, lauter als gewollt.

»Aus der Schublade in der Küche«, sagte sie und nahm mir die Filzstifte aus der Hand. »Ich dachte, wir könnten damit in unsere Terminplaner krickeln.«

Wie kamen die Filzstifte meiner Mutter in Annas Schublade? Ich lief schnell in mein Haus, um die Türen wieder zu schließen. Erst das blaue Türchen. Dann die Tür zum großen Zimmer. Dann die Tür zum kleinen Zimmer und die Tür zum Kämmerchen. Dann die Badtür, die Kellertür und die Haustür des reizenden Häuschens. Ich suchte überall nach meinem eigenen Filzstift-Set und anderen Dingen, die meiner Mutter gehörten. Nach ihren Strumpfhosen, zusammengelegt im Schrank. Nach ihrem Auto auf der Straße hinter meinem Haus. Ich stand am Fenster und sah zu Annas Fenstern, irgendjemand rauschte durch ihr Wohnzimmer und die Treppe hinauf und kam dann wieder nach unten. Natürlich war dieser Jemand nicht meine Mutter, sondern nur Anna. Natürlich kann jeder Filzstifte haben. Natürlich gibt es jede Menge Stifte auf der Welt. Dachte ich im Schneidersitz auf dem Boden sitzend. Trotzdem war ich versucht, meine Mutter anzurufen, damit sie mich abholte, was für eine Aushilfe natürlich nicht infrage kommt.

Später saß Anna auf meiner Zufahrt, die Stifte fein säuberlich auf dem Boden aufgereiht.

»Darf ich deine Filzer?«, fragte ich.

Das letzte bisschen Farbe schien aus ihrem Gesicht, ihrem T-Shirt und ihrer Hose in die Stifte übergegangen zu sein. Sie hatte etwas Durchscheinendes an sich.

»Hier«, sagte sie matt, und ich konnte kaum ihre Hand spüren. Ich probierte die Stifte, aber sie waren ausgetrocknet.

»Die sind leer«, sagte ich. Und plötzlich war Anna voller

Elan, schnappte sich den roten, presste die Mine fest auf das Papier meines Planers, bis sie ganz platt war. Sie versuchte es immer wieder, als wollte sie einem stehen gebliebenen Herzen einen letzten Schlag abringen, drückte fest zu und ließ wieder locker, bis sich ein Tröpfchen löste. Dick und feucht stand es auf dem Papier, wurde nicht aufgesogen, verteilte sich auch nicht, obwohl Tinte das soll. Als sich kein Tröpfchen mehr löste, drückte sie noch ein paar Mal fest zu, und dann, mit leise zitternden Schultern, fing sie zu weinen an. Ich drückte ihre Schulter, einmal, zweimal, dreimal, und wusste nicht, was tun. Nachdem sie fast sechzig Minuten geweint hatte, hievte sie sich hoch und schwebte in ihr Haus, um die Schubladen zu öffnen. Der Himmel öffnete die Schleusen, der Regen rauschte los.

Erst das blaue Türchen. Dann die Tür zum großen Zimmer. Dann die Tür zum kleinen Zimmer und die Tür zum Kämmerchen. Dann die Badtür, die Kellertür und die Haustür des reizenden Häuschens.

Anna nahm immer mehr. Häufte lauter kleine Dinge an. Haarbürsten, Fotos, Puzzleteile. Einzelne Knöpfe. Lauter Dinge, die sie sich aus verschiedenen Schubladen lieh.

»Ich mache mir Sorgen«, sagte ich. »Sollen wir einen Blick auf deine laminierten Arbeitsanweisungen werfen?«

Aber Anna antwortete nicht. Sie steckte die Sachen in ein Köfferchen, das sie aus einer tiefen Bettkastenschublade gestohlen hatte, und versteckte das Köfferchen unter einem Hortensienstrauch.

»Wenn ich dem Haus genug Sachen wegnehme, vielleicht bekomme ich dann meine Haarnadel wieder.«

Das Haus behielt ihre Haarnadel. Anna saß mit mir auf der Zufahrt, schrieb mit Kreide auf den Boden, dann stand sie auf, um ins Haus zu gehen und die Schubladen zu öffnen. Die Haustür war verschlossen. Auch der Hintereingang war verschlossen. Wir hatten keine Schlüssel, es gehörte nicht zu unseren Aufgaben, die Türen abzuschließen. Anna rannte aufgeregt ums Haus. Sie rannte so schnell, dass es aussah, als würde sie fliegen.

Verzweifelt zog ich mir den Schuh aus und warf ihn gegen eins der Erdgeschossfenster, für meine einzige Freundin. Er prallte ab. Er hinterließ kaum eine Spur. Ich versuchte es auf die harte Tour und warf den ersten Stein, den ich finden konnte. Aber er prallte geräuschlos ab, wie ein Flummi. Anna sah mir zu, und bevor ich sie davon abhalten konnte, flog ihre Faust gegen das Fenster.

»Nein!«, schrie ich. Aber ihre Faust konnte nichts ausrichten. Wir wussten, dass sie hart genug zugeschlagen hatte, um sich zu schneiden, das Glas zu zerschmettern. Immer wieder schlug sie gegen die Scheibe, und dann versuchte sie es mit dem Kopf. Aber nichts zerbrach, nichts zersplitterte, vor allem nicht das Fenster.

Anna konnte es nicht fassen. Ich auch nicht. Einen Moment lang sahen wir uns sprachlos an. Dann strich sie ihr T-Shirt glatt und klopfte sich den Staub von den Hosen. »Ich glaube, ich wurde entlassen«, sagte sie.

»Du kannst bei mir bleiben.«

Sie konnte nicht bei mir bleiben. Sie wollte mein reizendes Häuschen betreten, aber ihre Füße kamen nicht weiter als bis zum Fußabtreter. Ob sie nicht konnte oder nicht wollte, habe ich nie herausgefunden.

Anna schlief draußen auf der Zufahrt und musste sich nicht mehr nach dem Zeitplan der Schubladen richten. Ich brachte ihr jeden Morgen eine Scheibe Brot, und sie legte die Brotscheiben nebeneinander unter die Sträucher. Für die Vögel. Sie ließ ihre Haare verwildern und verfilzen, und ihren Terminplaner beachtete sie nicht mehr. Ich suchte in meinem Häuschen nach einer Adresse, einer Telefonnummer, einem Notfallplan, aber ich konnte nichts finden.

Einmal stand der Lieferwagen auf Annas Zufahrt. Dann wieder und wieder und immer wieder. Ich wartete und sah, wie der Fahrer hinter dem Hortensienstrauch hervorkam. Dann, dicht hinter ihm, stolperte auch Anna aus dem Strauch. Ach Anna, dachte ich, der Fahrer ist doch so alt! Aber dann sah ich ihn mir genauer an und änderte meine Meinung. Er war kein bisschen alt, er war kaum älter als wir. Vielleicht war er sogar jünger, ein bisschen. Und wie gut er aussah, wie sein Hemd spannte über der Brust.

»Anna, nimm«, sagte ich und gab ihr die Münzen, die ich gefunden hatte.

»Wofür sind die?«, fragte sie.

»Weiß nicht. Dafür.«

»Danke, vielen Dank.« Sie lächelte und streckte ihre nackten Füße ins lange Gras.

An einem frühen Montagmorgen nahm Anna ihren Koffer und stieg auf die Ladefläche des Lieferwagens. Ich stand am Fenster, ich war zu beschäftigt mit dem Öffnen der Türen, um nach unten zu gehen und mich zu verabschieden. Ich legte meine verschwitzte Hand an das Glas, sie hinterließ keine Spuren.

Erst das blaue Türchen. Dann die Tür zum großen Zimmer. Dann die Tür zum kleinen Zimmer und die Tür zum Kämmerchen. Dann die Badtür, die Kellertür und die Haustür des reizenden Häuschens.

Ohne Anna wurde ich nachlässig. Eines Nachmittags

war ich so sehr mit Tagträumen beschäftigt, dass ich mich fast eine Minute verspätete. Ich fühlte mich körperlos, leicht. Ich versuchte Spiegeleier zu machen und schlug die Eier in die Pfanne, verrührte sie dann aber doch, und auf dem Boden bildete sich eine dünne, papierene Schicht. Ich saß am Tisch, vor mir der Teller mit den ungegessenen Eiern, und mir fiel auf, dass ich schon sehr, sehr lange nicht mehr hungrig gewesen war. Zu meinem Entsetzen war der Kühlschrank voller Brot, Eier und Käse, nichts davon hatte ich je angerührt. Ich schlief am Küchentisch ein, wachte am nächsten Tag auf und hatte drei Türöffnungen und drei Türschließungen verschlafen. Der Geruch von abgestandenem Ei erfüllte die Küche.

Was sollte ich tun? Ich geriet in Panik. Was sollte ich denn jetzt tun? Was hätte Anna jetzt getan? Ich versuchte, das Problem rückwärts anzugehen, und sah auf meine glänzende Uhr. Zu diesem Zeitpunkt hätten die Türen geschlossen sein müssen. So schnell ich konnte, ging ich durchs Haus und schloss nacheinander alle Türen. Erst das blaue Türchen. Dann die Tür zum großen Zimmer. Dann die Tür zum kleinen Zimmer und die Tür zum Kämmerchen. Es würde gar nichts Schlimmes passieren. Dann die Badtür, die Kellertür. Aber aus irgendeinem Grund war die Kellertür schon geschlossen.

Noch nie zuvor war eine der Türen in einem anderen Zustand als die anderen Türen gewesen. Etwas Unerhörtes und Furchtbares war im Gange. Ich hatte versagt. Der Raum verschwor sich gegen mich, bewegte sich auf mich zu, meine Wangen juckten, ich konnte kaum stehen. Mein Arm griff lang und flau nach der Kellertür, öffnete die Tür einen Spalt, um die Abweichung zu beheben, und schloss sie dann wieder.

Und dabei sah ich, wie ein Schatten aus meinem Ge-
sichtsfeld flitzte.

Jetzt, wo die Sache mit den Türen in Ordnung gebracht
war, beruhigte ich mich wieder. Ich konnte auch wieder
normal stehen. Aber das Häuschen war nicht mehr reizend
und auch kein Häuschen mehr. Ich hatte den Eindruck,
dass es sich ausdehnte, aber ich hätte es nicht beweisen
können. Die Ecken wurden dunkler und tiefer, wie Kohle
auf einer Zeichnung verwischt. Mein Fehler hatte das Haus
verärgert, und jetzt ärgerte es mich. Mit jedem Öffnen und
Schließen der Türen sah ich den letzten Moment eines Ver-
schwindens, wurde der Türrahmen zum Proszenium, das
einen Weggang rahmte, sah ich den Abglanz von etwas,
das den Raum verließ. Erst das blaue Türchen. Dann die
Tür zum großen Zimmer. Dann die Tür zum kleinen Zimmer, dann die Tür zum Kämmerchen. Dann die Badtür, die
Kellertür und die Haustür des Geisterhauses.

Ich machte mir eine Schüssel Haferbrei, dampfend und
unangetastet schmiegte sie sich in meinen Schoß. Ich saß
auf dem Boden vor der Badezimmertür und hoffte zu sehen, wer oder was dahinter war. Ich schloss die Tür auf die
Sekunde genau und sah für einen Augenblick ein hin und
her schaukelndes Handtuch. Der intensive, nasse Geruch
frisch eingeschäumter Haare stieg mir in die Nase. Später,
als ich die Tür zum großen Zimmer langsam zu mir her-
anzog, stoben zwei ineinander verschlungene Gestalten
auseinander.

Ich lauschte an den Türen, die in das kleine Zimmer
und ins Kämmerchen führten, in der Hoffnung auf ein
Knacken, ein Kratzen, Stimmengemurmel, Indizien. Als es
an der Zeit war, die Türen einen Spalt zu öffnen, roch es
liederlich und geschäftig. Nach Tee und sauer gewordener

Milch. Nach einem Stapel stockiger Bücher. Nach einem Lederhandschuh. Der Winkel eines Arms, für einen Hurra-Moment in der Luft. Und andere Halbsekunden-Choreografien. Der Takt eines Lieds, einsam, verklingend und fad.

Schließlich das blaue Türchen, das sich nur einen Tick weit öffnen ließ und den Nachglanz einer feuchten Schnauze offenbarte, von seidigem Fell, hängenden Ohren, marmorierten Augen. Schnell lief ich zur Haustür, und als ich sie öffnete, sah ich eine völlig andere Straße aufblitzen, sah ich Verkehr und Zäune, ein anderes Haus, aber nicht Annas Haus, direkt gegenüber. Dann hatte es sich ausgeblitzt, und die Straße, die ich kannte, war wieder da.

Ich saß auf dem Bordstein, gefühlte Stunden, dabei konnten es nicht mehr als vierzig Minuten sein. Ich brauchte mehrere Anläufe, aber nachdem ich den Gedanken zu Ende gedacht hatte, war es nicht mehr von der Hand zu weisen, genauso wenig wie die Münzen, die auf dem Teppich verstreut gelegen hatten. Wer hatte sie fallen lassen, damit Anna und ich sie fanden, und wer hatte sie nicht mehr eingesammelt?

Das Haus war das Haus einer Familie, und ich war die Vertretung für ein Gespenst.

Viele Jahre später wollte ich erzählen, woher ich damals gewusst hatte, dass mein Arbeitsverhältnis zu Ende war. Ich saß mit meinem Sparfuchsfreund, der dünnen Kakao gekocht hatte, auf dem Sofa. Ich schilderte den Tag, an dem es passiert war, und er hörte mir zu und machte große Augen. Aber ich wusste um die Unzulänglichkeit meiner Worte. Zum Beispiel konnte ich nicht erklären, dass ich einen Fuß in der Tür gehabt hatte und dass ein Fuß nicht genügte. Ich konnte nicht zugeben, dass ich die Familie so lange an ihren Rändern ausgespäht hatte, dass sich aus den einzelnen Beobachtungen eine genaue Vorstellung davon zusammengesetzt hatte, wie sie beschaffen sein musste. Ich konnte auch nicht den Lichtstreif zwischen Tür und Boden beschreiben und dass die Verheißung seines Leuchtens in Wahrheit eine schmale stumpfe Waffe war. Ich konnte nicht zugeben, dass meine größte Hoffnung darin bestanden hatte, die Familie möge sich mir ganz und gar offenbaren und mich aufnehmen. Aber die Familie war nicht meine Familie. Ihre Mitglieder waren bestenfalls meine Nachbarn. Jede Mutter versteckt in ihrer Rocktasche oder in ihrem Bettkasten ein Filzstift-Set für ihre Tochter. Nur weil einem etwas vertraut ist, gehört es einem doch nicht.

Etwas ging zu Ende, etwas Neues begann. Meine Gesichtsfarbe änderte sich, Muttermale, die Winterschlaf gehalten hatten, tauchten wieder auf. Plötzlich war ich am Verhungern. Das Haus öffnete sich und faltete sich um mich her auseinander, wie ein Papierschwan, den man flach drückt, der Frühling wehte über meine Schultern, und ich wusste, dass mein erster Job jetzt zu Ende war. Ich weiß, dass Häuser so etwas nicht tun, aber es fühlte sich so an, und so werde ich mich immer daran erinnern. Ich packte meinen Lederplaner ein, bald schon würde er randvoll sein mit Meetings, Bewerbungsgesprächen, endlosen Bewerbungsgesprächen. Ich nahm meine Lohntüte aus dem Briefkasten am Ende der Zufahrt, schloss ein letztes Mal die Haustür und ging los, um meine Palimpsestlaufbahn einzuschlagen.

Ich ertrinke nicht. Ich komme auf einem Felsen zu mir, ich huste Wasser, das mir in den Lungen und auf den Lippen brennt, die Felsenbewohner halten meine Hände, wir liegen flach auf dem Rücken, über uns ein großes Netz.

»Sie ist wach!«, sagt eine Frau neben mir.

»Wo bin ich?«, frage ich. Mein Hals kratzt. »Wo bin ich?«

»Du darfst deine Stimme nicht überanstrengen, Schätzchen.«

»Wer bist du? Wo bin ich?«

»Du bist auf unserem Felsen, Süße. Du wurdest von der Tierschutzgesellschaft als menschliche Seepocke angeworben, schon vergessen?«

Meine Nachbarin ist eine ältere Dame, die krustige Haare hat. Sie bemerkt, dass ich die Verkrustung bemerke.

»Ich bin Seepocke Sandy, aber du kannst auch Joan zu mir sagen. Ich versuche gerade, mir eine überzeugende Kruste zuzulegen.«

Auch ihre Zöpfe und ihre Arme sind verkrustet, die Kruste zieht sich bis auf Sandys sandige, verschrumpelte Finger. Einer davon streicht mir krümelig und liebevoll über die Hand.

»Wir vertreten eine vom Aussterben bedrohte Seepockenart!«, sagt der Mann neben Seepocke Sandy beziehungsweise Joan. »Küstenerosion«, fügt er hinzu.

»Ach ja?«, sage ich höflich wie immer, und mein Orientierungssinn und mein Wirklichkeitssinn erholen sich allmählich wieder. Meine Beine hängen im Wasser. Ein Schwarm Fische schwimmt zwischen ihnen hindurch, kitzelt meine Knöchel.

»Ich habe angeheuert, weil man sich Außerordentliches über Seepockenpimmel erzählt«, sagt er.

»Das ist seine Art zu sagen, dass du ihn über Seepockenpimmel ausfragen sollst«, sagt Joan beziehungsweise Seepocke Sandy und wird von einer Welle überspült.

»Einverstanden«, sage ich und sehe den Mann erwartungsvoll an. »Was erzählt man sich so?«

Der ganze Felsen ächzt und stöhnt und achherrjet. Ich lege den Kopf zurück und sehe, er ist mindestens so groß wie ein Sportplatz: menschliche Seepocken, so weit das Auge reicht.

»Seepocken haben die größten Pimmel im ganzen Tierreich, im Verhältnis zur Körpergröße natürlich.«

»Hochfliegende Ambitionen!«, sagt Joan.

»Lach du nur, ich bin der Heilsbringer der Ökosysteme, und übrigens heiße ich Harold.« Er wendet sich mir zu: »Kannst mich aber auch Seepocke Toby nennen.«

Joan drückt meine Hand, und durch ihren fransigen Algenkranz sieht sie mir in die Augen. »Ich habe angeheuert, weil Seepocken keine Herzen haben«, flüstert sie. »Meins schlägt nämlich von Tag zu Tag immer langsamer.«

Kleine Wellen schwappen gegen meine Beine, die Sonne brennt mir ins Gesicht, in der Ferne höre ich Möwen. Ein Wummern wie von Musik. Musik, Schreie, Sonnencreme. Das Ufer ist nah.

»Es ist so«, sage ich für alle, die es hören wollen, »ihr habt euch für diesen Job entschieden, ich aber nicht! Jedenfalls nicht, dass ich wüsste. Ich kann mich nicht daran erinnern.«

»Wie bitte?«, fragt Joan. »Natürlich hast du dich dafür entschieden! Wir haben doch gestern die Ankunft einer neuen Seepocke erwartet, und dann kamst du und bist bildschön auf unseren Felsen zugetrieben.«

»Ich bin über die Planke eines Piratenschiffs gegangen, euer Irrtum hat mir das Leben gerettet.«

Joan lächelt, wirkt aber besorgt. Wir halten den Atem an, weil eine Welle auf uns zugerollt kommt.

»Wenn du eigentlich gar nicht hier sein solltest«, fragt sie, »wer sollte denn dann hier sein?«

Ich stelle mir vor, wie eine menschliche Seepocke in spe in Ermangelung eines Felsens auf den Meeresgrund sinkt. Joan und Seepocke Toby stellen sich offenbar Ähnliches vor, sie werden so still wie die von ihnen auserkorene Seepockenart.

»Ich muss mit meiner Agentur sprechen«, sage ich, aber meine Stimme wird mit jedem Wort leiser. Meine Hoffnung auf ein Telefonat hält sich in Grenzen.

»Also«, sagt Seepocke Toby, »du würdest natürlich bezahlt werden, so wie wir alle, außerdem schlägst du als Aushilfstippse auch nur Wurzeln an irgendeinem Schreibtisch, da kannst du genauso gut hierbleiben.«

Ich kenne nur wenige menschliche Seepocken. Ich kenne kaum jemanden, der einfach nur bleibt, wo er ist. Was mir an den Rankenfüßern so gut gefällt, ist die Tatsache, dass sie in kleinen bröseligen, für die Ewigkeit festzementieren Häusern wohnen. Brechen die Häuser doch einmal weg, bleibt das Fundament an Ort und Stelle, so stark ist ihr natürlicher Klebstoff.

»Eines Tages werde ich befördert«, sagt Joan. »Dann bin ich eine Seepocke, die auf einem Buckelwalbuckel durch die Meere reitet. Eine ganz besondere Art!«

In der Ferne sehen wir andere Felsen mit anderen Menschen, die andere Arten vertreten. Seepocke Toby zeigt auf die Miesmuscheln, die Meermandeln, die Meeresschnecken, und er zeigt auf eine Frau, die sich zwischen zwei Muscheldeckel zwängt. Und in noch größerer Entfernung, auf der anderen Seite der Welt, sehen wir das Riff, das schon vor langer Zeit abgestorben ist und wiederbelebt wurde, erst wurde eine Art ersetzt, dann noch eine und dann noch eine. Menschen, die sich auf toten Korallen hockend ihren Lebensunterhalt verdienen, sich der aquatischen Lebensweise anpassen und entsprechende Merkmale ausbilden. Ein Mann behauptet, dass ihm ein rosa Skelett aus der Hand gewachsen ist, jedenfalls erzählt man mir das. Eine Aushilfsevolution.

»Das ist das Mindeste, was wir tun können«, sagt Seepocke Toby, der in seinem vorherigen Leben Harold hieß. Die Artenzugehörigkeit wird dem Namen als Titel vorangestellt, und es ist, als wäre es dieser Titel, der seinen Träger zur Seepocke macht. Ich frage mich: Wenn man Mensch Harold zu ihm gesagt hätte, wenn man uns alle zuallererst *Mensch* nennen würde, wäre unserer Menschlichkeit dann Geltung verschafft? Und wenn es uns irgendwann nicht mehr gibt, springt dann jemand für uns ein?

»Hübsche Kette«, sagt Joan, und erst jetzt fallen mir wieder meine Sachen ein. Aber es ist alles noch da, auf meine Brust gebunden. Die Augenklappe bedeckt noch immer mein Auge, wappnet mich für alle erdenklichen Lichtverhältnisse.

Es ist Ebbe. Für eine Weile zieht sich das Meer zurück. Das war's dann also, denke ich. Hier muss ich bleiben, ausgerichtet gen Süden bis ans Ende meiner Tage. Wie lange leben Seepocken eigentlich, frage ich, vergesse aber, die Frage auszusprechen. Ich verstumme und erstarre schon, die Seepocke macht sich in mir breit, breit wie die steigende Flut. Vielleicht hat sich meine Zunge längst in meine Wangen verhakt, ein unbewegliches, hartes Stück Fleisch, das meinen Körper dazu drängt, die Gestalt der Kreatur anzunehmen, die zu werden meine Bestimmung ist.

Die Abenddämmerung legt sich über den schlafenden menschlichen Seepockenteppich, als ich in der Nähe unseres Felsens ein Platschen höre. Dann noch mal, platsch, und dann ein Seufzer der Erleichterung.

»Da bist du ja«, sagt der Mann, den ich in einem anderen Leben als Papagei kennengelernt habe. »Ich hab dich gesucht!«

Er schneidet mich los und bringt mich im Schutz der Dunkelheit mit sachten Beinschlägen ans Ufer.

Wir werden an den Strand gespült, und der Mann mit den langen Haaren sagt: »Ich wohne hier. Ich habe dich hergebracht, damit du deine nächste Stelle antreten kannst.«

Er lässt mich Salzwasser abhusten und das Plankton aus meinen gestohlenen Stiefeln kippen. Und er zupft an den Algen, die sich in meiner Kette verheddert haben.

»Meine Kette!«, sage ich aufgeregt und sehe nach, ob dem Vorstandsvorsitzenden etwas zugestoßen ist.

Er bringt mich zu einer Telefonzelle, damit mir Farren meinen neuen Auftrag bestätigen kann. Im Hafen kommen wir an liegen gelassenen Ankern vorbei, und ich denke, wer diesen Ort verlässt, kehrt bestimmt nicht mehr wieder.

»Farren?«, sage ich. »Der Auftrag ist abgeschlossen.«

Wir stehen in einer Telefonzelle an einer einsamen Schotterstraße. Der Mann wringt seine langen Haare aus, bis seine Füße in einem kleinen Gewässer stehen.

»Ganz toll!«, sagt Farren. Was für eine Erleichterung, ihre Stimme zu hören. Ich fange fast zu schluchzen an. »Die waren sehr zufrieden mit dir, Kleine«, sagt sie und lacht.

»Danke für das Feedback, Farren. Wirklich, danke.«

»Vergiss nicht, deinen Lebenslauf auf den neuesten Stand zu bringen!«

»Niemals«, sage ich und wische mir über die Augen. »Muss doch alles seine Ordnung haben.«

»Und was ist mit deinen Stundenzetteln?«

»Stundenzettel müssen auch ihre Ordnung haben.«

»Und genau darum bist du so gefragt.«

»Ich bin gefragt?«, frage ich und schniefe ein bisschen. *Hab was im Auge,* sage ich stumm zu dem Mann mit den langen Haaren.

»Und wie!«

»Wie schön«, sage ich.

»Stimmt. Es ist schön, wenn man gewollt wird. Es ist schön, wenn man gebraucht wird. Es ist schön, jeden Morgen seine Karte in die Stechuhr der Welt zu stecken, damit die Welt weiß, dass man noch lebt und sich so richtig ins Zeug legt. Beständigkeit ist nur noch eine Frage der Zeit.«

»Farren, ich will wirklich nicht nerven, aber könntest du dich vielleicht darum kümmern, dass die Tierschutzgesellschaft mich bezahlt?«

»Aber klar doch, Mäuschen. Du verdienst die Mäuse, und ich kümmere mich darum, dass sofort überwiesen wird.«

»Und wie geht's dir heute?«, frage ich.

»Wie's mir geht? Was meinst du damit?«

»Was du so getrieben hast, meine ich.«

»Ich hab gelebt! Was geht dich das an?«, sagt Farren auf einmal kurz angebunden. Und dann: »Also, was ich eigentlich sagen wollte: Schweigepflicht und so.«

»Klar«, sage ich. »Und welche Farbe hat dein Nagellack heute?«

»Blau«, sagt sie.

Blau.

»Aquamarin«, sagt sie.

»Ach, und Farren?«

»Ja, Superstar?«

»Also … du fehlst mir«, sage ich.

»Hm?«

»Ach, nichts, gar nichts. Vielen Dank auf jeden Fall. Vielen Dank. Vielen, vielen Dank«, sage ich. »Danke, danke, danke.«

»Ich mach nur meinen Job«, sagt sie. »Das weißt du doch, oder?«

»Klar, so wie ich.«

Farren erklärt mir, wie es jetzt weitergeht. Wie sich herausstellt, ist der Mann mit den langen wuscheligen Haaren mein neuer Arbeitgeber. Wenn die Auftragslage mau ist, arbeitet er als Aushilfe, deswegen der Papageienjob.

»Wie das eben so ist«, sagt er.

Klar.

Er hat noch ein paar Münzen für mich, also rufe ich meine Freunde an. Das heißt, ich rufe meinen Gourmetfreund an.

»Kulinarischer Systemanalytiker«, korrigiert mich mein Gourmetfreund.

»Das wusste ich noch gar nicht«, sage ich.

»Sieht ganz so aus. Du warst ja auch weg!«

Wie sich herausstellt, sind meine Freunde wieder in meiner Wohnung, sitzen an meinem alten Couchtisch, den ich auf der Straße gefunden und ganz allein die Treppen hinaufgeschleppt habe, eine rote ovale Platte mit Tischbeinen wie Haarnadeln.

»Was du nicht sagst«, sage ich. »Und was macht ihr so?«

Sie haben einen Lesekreis gegründet. Mein Gourmetfreund sorgt für die Snacks. »Kulinarischer Systemanalytiker!«, ruft er im Hintergrund. Großes Gelächter.

»Heute«, sagt er, »habe ich Horsd'œuvre aus der Entenleber, ein geschäumtes Amuse-Bouche aus der Pampelmuse und einen Teller mit Erdnussflips vorbereitet, den man sich teilen kann!«

Wenn mein Gourmetfreund für mich kocht, bestellt er

irgendwo to go, und wir essen zu Hause vom selben Teller, und wenn ich Teller sage, dann meine ich eine Plastikbox.

»Übrigens«, sagt er, »hast du wieder einen Brief bekommen, wegen der Stiefel, die du gestohlen hast. Deine ehemalige Arbeitgeberin vergibt dir nicht und will, dass du ihr die Stiefel zurückbringst, sofort und widerstandslos.«

»Danke, dass du's erwähnst«, sage ich.

»Wenn du ihr die Stiefel nicht in passablem Zustand zurückbringst, will sie alle deine Schuhe konfiszieren, bis ans Ende deines Lebens.«

»Alles klar.«

»Wenn du schläfst, will sie unter dem Schleier der Nacht in deine Wohnung einbrechen und von jedem Paar ein Exemplar mitnehmen, und wenn du aufwachst, wirst du nur noch einzelne, einsame Schuhe haben, Inbilder der Vereinzelung deines einsamen, erbärmlichen Lebens«, sagt er. »Ich zitiere bloß!«

Mein ernster Freund greift nach dem Hörer.

»Ich fange alle Spinnen und setze sie vorsichtig vors Fenster. Auch die ganz kleinen!«

»Ganz toll, Schatz.«

»Unser Lesekreis ist genial«, sagt er ohne ein Fünkchen Sarkasmus, man kann hören, wie er strahlt. Ich glaube, ich kann auch hören, wie er über einen Haufen Freunde fällt, die vielleicht auf der Couch liegen, und alle lachen und schreien wie kleine Teufel. Kitzeln sie sich vielleicht?

Jetzt ich!, sagt einer. Nein, ich!, sagt ein anderer. Gib mir den Hörer! Dann bin ich dran! Ach menno!

»Wir lesen einen Roman«, erhebt sich die Stimme meines Lieblingsfreunds aus dem Durcheinander, »über einen Freundeskreis wie unseren hier. Es gibt Zoff und Meinungsverschiedenheiten, aber die Freundschaft der

Freunde hält bis zum Weltuntergang, der nach allem, was die Freunde wissen, unmittelbar bevorsteht. Ein paar der Freunde ziehen auch weg, aber die Freunde, die wegziehen, werden sofort vergessen. Die Geschichte ist unheimlich poetisch und wie ein richtig toller Song, so wie der, den wir vor vielen Jahren auf diesem Konzert gehört haben, weißt du noch? Das Ende verrate ich dir nicht. Aber alle sterben! Das Buch würde dir richtig gut gefallen! Willst du's vielleicht auch lesen?«

Ich weiß noch, wie sich mein Lieblingsfreund hinter meinem Rücken über meinen Lesekreis und meinen Strickzirkel lustig gemacht hat, und jetzt frage ich mich, warum für ihn andere Maßstäbe gelten. Warum gelten für dich andere Maßstäbe? Ich frage ihn nicht.

Der kulinarische Systemanalytiker sagt, dass alle meine festen Freunde Freunde fürs Leben sind. Dass ich etwas für sie geschaffen habe, etwas, das bleibt, etwas, worauf man zählen kann.

»Du hast ja keine Ahnung, was für ein Geschenk das ist«, sagt er mit bebender Stimme. »Du hast nicht die leiseste Ahnung.«

KNOCHEN-ARBEIT

Der Mann mit den langen Haaren heißt Carl und ist eine Art Unternehmer. Sein kleines Mordgewerbe ist in einer aufgeräumten Fischerhütte in Meernähe untergebracht. Was praktisch ist, wegen der Leichenentsorgung.

»Die Lage ist das A und O.«, sagt er.

»Du hörst dich wie mein Immobilienmaklerfreund an!«, sage ich und lache.

Jeden Morgen putze ich Carls Waffen und halte mich dabei an die Reinigungsanleitung, die er geschrieben hat. Ich springe für seinen Kumpel ein, der gerade hinter Schloss und Riegel sitzt. Carl zahlt nicht immer Geld, aber dafür gibt es Kost und Logis, in der Fischerhütte neben seinem Schreibtisch, ein schmales Feldbett, unter dessen Matratze ich meine Siebensachen aufbewahre: die Rubine, die Augenklappe und die Nautilusbrosche.

»Bei mir kannst du Erfahrungen sammeln wie Sand am Meer«, sagt er.

»Und was ist mit Weltruhm?«

»Bei mir gibt's das Gegenteil.«

Er verspricht mir Anteile an seiner Firma. »Wenn wir an die Börse gehen, bist du eine reiche Frau!«

Das Mordhandwerk hat zwar ein massives Imageproblem und ist alles andere als zukunftssicher, aber nie würde ich es wagen, über einen Anteil an Carls Anteilen die Nase zu rümpfen.

»Du hast den Dreh raus«, sagt er und dreht sich auf dem Absatz um. Mir geht das Herz über. Bei Carl geht mir die ganze Zeit das Herz über. Es ist eine Wonne, ihn in seinem Element zu sehen.

»Tut mir leid, dass wir auf dem Schiff nicht wirklich nett zueinander waren«, sage ich.

»Reue ist Lebenszeitverschwendung«, sagt er. »Ist mein Motto.« Wir sitzen auf dem Dach seiner Hütte, er gibt mir ein Bier, wir rauchen und sehen zu, wie die Sonne im Meer versinkt.

Ich zeige von Anfang an Initiative und sorge dafür, dass sich die Investition in meine Arbeitskraft durch Einsparungen bei der Anschaffung von Tötungswerkzeug amortisiert.

»Die hier sind nicht so teuer«, sage ich beim Speereinkauf. »Und Anspitzer gibt's gratis dazu!«

Er ist dankbar, dass ich ihn dabei unterstütze, sein Tagespensum zu optimieren, manchmal darf ich sogar bei der Mordlogistik assistieren.

»Wenn du diese Straße hier nimmst«, sage ich, »sparst du dir sechs Fluchtminuten!«

»Die nehme ich nie!«

»Minimale Routenänderung. Endlich Schluss mit kurz vor knapp.«

»Da kann ich ja sogar noch anhalten und mir was zu essen holen«, sagt er. »Danke, Kröte.«

Er kommt mit einer Tüte aus der Panini-Manufaktur nach Hause und sieht unendlich dankbar aus.

Carl tötet nur von Dienstag bis Donnerstag, damit er ein langes Wochenende hat. Als er am Mittwoch nach Hause kommt, weiß ich, wo er gewesen ist. Er war in der Stadt und hat einen feinen Pinkel kaltgemacht.

»Fein? Ansichtssache«, sagt er. »Pinkel? Monster wohl eher.«

Solche Details sind das Einzige, was er durchblicken lässt, Details, die er aus den Eingeweiden der Dinge wühlt, die ich sowieso schon weiß. Eine alte Dame in einer sechs-

stöckigen Villa ohne Fahrstuhl: so etepetete wie ihre Sei-
dentapete. Ein Kind auf einem Pferd: weniger Knirps als
Kavallerist.

Wenn er das Haus betritt, zieht er als Erstes seine Schuhe, sein Hemd, seine Hose und seine Unterwäsche aus,
stopft die Sachen in einen Nylonbeutel und hängt ihn an einen Haken neben der Tür. Dann geht er direkt ins Bad und
lässt sich Wasser ein, bis feuchtwarmer Hochnebel durch
die offene Tür in den Wohnraum kriecht. Wir sprechen
nicht über die Morde, beziehungsweise »Dienstgänge«,
wie Carl dazu sagt. Während er badet, kippe ich Bleiche
über den Nylonbeutel. Ich wasche die Weißwäsche und
die Buntwäsche in kaltem, klarem Wasser. Ich lege mir ein
Trocknertuch auf die Stirn wie einen Schleier, beuge mich
vornüber und lasse es über meinen Nasenrücken in die
Maschine mit der frisch gewaschenen Wäsche rutschen.
Widerspenstige Flecken werden weggeschnippelt, lieber
eine löchrige weiße Weste als eine Weste mit Beweisen.
Ich koche eine riesige Tasse Kamillentee, die ich zusammen mit einem Keksteller neben das Tagebuch stelle, in
dem Carl notiert, was sich in den letzten Minuten und Sekunden der von ihm beendeten Menschenleben ereignet.

»Das Finale ist mir heilig«, sagt er und rubbelt sich die
Haare trocken. »Nicht, dass du denkst, ich hätte kein Ge-
spür dafür, wie man dem Leben ein Ende setzt.«

»Hab ich nicht. Weiß ich nicht.«

»Deswegen schreibe ich auch alles auf«, sagt er und
tippt auf sein Tagebuch. »Vergessen wäre leichtsinnig. Ich
will versuchen, besser Buch zu führen, Kröte.«

»Kann ich dir dabei helfen?«

»Könntest du bestimmt. Aber das ist mein Job, nicht
deiner. Wer wenig weiß, kann besser lügen.«

Bald läuft alles wie am Schnürchen. Im Sommer brummt der Laden, Carl ist ausgebucht. »Kein Mensch bewahrt kühles Blut, alle wollen Rache«, sagt er. »Muss mit der Hitze zu tun haben.« Am Dienstag kommt er nach Hause, zieht sich Schuhe, Hemd und Hose aus, stopft die Sachen in den Nylonbeutel und lässt sich Wasser ein. Ich wasche Wäsche, lege Socken zusammen, koche Kamillentee, drapiere Kekse, und Carl bleibt fast die ganze Nacht auf, um sich minutiös den Mord an einer jungen Bankräuberin namens Laurette zu notieren, die sich ihre Bankraubzüge ausnahmslos quittieren ließ, als hätte sie damit ihre Steuererklärung erledigt. Dabei war Laurette diejenige, die erledigt wurde. Als die Sonne aufgeht, sitzt Carl schon wieder am Schreibtisch, dann gibt es einen Pastrami-Bagel und Kaffee, und weiter geht's mit der Vorbereitung des nächsten Gemetzels.

Von Laurette weiß ich deshalb, weil Carl sein Tagebuch auf dem Schreibtisch liegen lässt. Wie sollte ich nicht schnüffeln, wenn er weg ist? Ich schnüffle gewohnheitsgemäß. Ich weiß jetzt vieles über viele, nicht nur über Laurette. Recherche, sage ich mir. Wie soll ich anständig assistieren, wenn mir anständiges Kontextwissen fehlt? Wie soll ich guten Gewissens assistieren, ohne zu wissen, was das Gewissen, dem ich assistiere, plagt?

Nur ein einziges Mal bricht Carl mit seiner Gewohnheit. Er kommt nach Hause, ohne sich die Schuhe auszuziehen, und schleppt Blut und Matsch in die Hütte. Er lässt sich in seiner Arbeitskluft in den Sessel fallen. Ich weiß nicht, was tun, also höre ich ihm einfach zu, und er erzählt mir, wie es sich anfühlt, wenn ein Messer auf Knochen trifft, und dass Genicke, die brechen, ploppen, und dass ihn das Ploppen an Tischfeuerwerke auf einer feinen Silvestertafel erinnert.

»Deine Tafel?«, frage ich.

»Nein«, sagt er. »Ich weiß nicht, wessen Tafel. Ich weiß nicht, wo diese Erinnerung herkommt. Ich weiß noch nicht mal, ob es meine ist.«

»Das verstehe ich«, sage ich. Ich knöpfe sein Hemd auf, helfe ihm, die Schuhe auszuziehen, putze die Hütte, bis alles blitzt.

Sonntags habe ich Zeit, den Ort zu erkunden, den Carl sein Zuhause nennt, und stelle fest, wie gut es mir hier gefällt. Ich mag das Wetter, und die Leute, die am Pier sitzen, mag ich auch. Mir gefällt mein Job. Akten und Dokumente landen irgendwann im Reißwolf, aber getötet werden muss immer. Es ist schön, sich mit etwas zu beschäftigen, das für sich genommen fast schon Beständigkeit beanspruchen kann. Ich bin mir nicht sicher, ob die richtige Beständigkeit noch kommt, aber man wird doch wohl träumen dürfen.

Ich gehe regelmäßig zu dem Stand, an dem es knallbuntes Wassereis gibt, kaufe mir eine rot-gelbe Portion mit Zitrone und Kirsche, esse das Eis mit einem Löffelchen aus Holz, bekomme eine rot-gelbe Zunge, setze mich auf die Seebrücke, betrachte das Meer und halte Ausschau nach den menschlichen Seepocken, Seesternen und Quallen, die in Küstennähe leben. Ich freue mich, wenn ich kleine Muscheln mit kleinen Löchern finde, die sich vortrefflich als Kettenanhänger eignen. Ich fädle eine schimmernde Perlmuttmuschel auf meine Kette, damit der Vorstandsvorsitzende nicht so alleine ist, und der Name der Muschel birgt die Namen zwei der mir liebsten Menschen, nicht ganz, aber fast: Mutter und Pearl. Meine Kette ist wie eine kleine Familie, auch ohne Fotomedaillon.

Abends nimmt mich Carl auf den Jahrmarkt mit, wo

wir mindestens zehnmal Karussell fahren. Keramikpferde. Weniger Knirps als Kavallerist, denke ich.

»Ist dir gar nicht schwindelig?«, ruft er.

»Mir geht's blendend!«

Wir gehen zu den Spielbuden. Er wirft Pfeile auf fliegende Luftballons wie ein Profi.

»Erwischt!«, sagt er und erwischt gleich mehrere hintereinander. Ab und zu bleibt jemand stehen und starrt ihn an, aber nicht, um seine Treffsicherheit zu bewundern. Ich habe noch nie solche Blicke gesehen und sage zu Carl, komm, wir gehen, bitte, komm jetzt, bitte, jetzt sofort, bevor diese Blicke in etwas Schlimmes umschlagen, bevor die Leute in ihre Taschen und Stiefel greifen, bevor sie ihre Jacken öffnen und ihre Gürtelhalfter zeigen. Keine Frage, denke ich, das hier sind die Geister von Carls Opfern, die ihn verfolgen, die sich rächen wollen, die zurückgeblieben sind und die jetzt die Scherben zusammenkehren müssen, die er auf all seinen Dienstgängen hinterlassen hat. Aber vielleicht stimmt das auch nicht. Aber vielleicht stimmt es ja doch. Aber vielleicht haben sie auch nur zu viel Zuckerwatte gegessen. Ich werde es nie erfahren, ich werde es nie herausfinden. Das Leben ist ein Mensch inmitten einer Menschenmenge mit undurchsichtigen Absichten, und wenn ich es mir recht überlege, gilt dasselbe für den Tod.

Über Carl öffnet sich das Füllhorn des Jahrmarktglücks. Er gewinnt giftgrüne Plüschhäschen für mich, einen ganzen Wurf. Damit ich mein Getränk nicht aus der Hand geben muss und weiter mit den Armen schlenkern und meinen Rock wirbeln lassen kann, trägt er die Häschen für mich, und als ich nicht mehr gehen kann, trägt er auch mich, setzt mich aufs Feldbett, hebt meine Füße hoch und deckt mich zu. Ich erwache in einem Stall voller flauschiger Häschen, von den süßen Plüschpräsenten des Vorabends umringt.

In manchen Nächten schlafe ich weniger gut, und die Kette macht sich bemerkbar. Dann mache ich mit dem Vorstandsvorsitzenden eine Küstenwanderung, hin und zurück, und meine Füße bluten von den scharfen Muschelschalen. Wir klettern auf den Rettungsschwimmerturm, ins Gebälk unter dem Seebrückensteg, auf den Wasserturm und das Jahrmarktriesenrad. Wir reden über das Leben, das Business und die Entscheidungen, die man treffen muss. Kurz vor Sonnenaufgang beobachtet mich Carl dabei, wie ich im Selbstgespräch auf seine Hütte klettere, also erkläre ich ihm die Sache mit der Kette.

»Gibt er denn gute Ratschläge?«, fragt er und verbindet meinen Fuß.

»Gut sind sie schon, aber unbrauchbar.«

»Du hast auf dem Piratenschiff oft Selbstgespräche geführt, ich hab dich beobachtet«, sagt Carl, und ich kann mich an jedes Mal erinnern, als ich ihn von Weitem beobachtet habe. Ich bin so froh über unser gemeinsames Fundament. Ich begreife es als Grundlage für den Aufbau eines gemeinsamen Lebens. »Weißt du noch, wie wir uns anfangs auf dem Kieker hatten?«, werden wir einander fragen. »Und weißt du noch, wie wir durch den Kieker, den du vom Schiff geklaut hast, später das erste Mal den Sonnenuntergang beobachtet haben?« Ich denke daran, wie ich seine Socken zusammenlege. Ich denke daran, wie oft ich ihn von der Eingangstür nackt in die Wanne habe gehen sehen. Ich denke an die eleganten, kompakten Druckbuchstaben, die die Seiten seines Tagebuchs füllen.

Ich könnte ihn darum bitten, einer meiner festen Freunde zu werden, dabei habe ich meinen festen Kreis aus festen Freunden schon seit Ewigkeiten nicht mehr erweitert, schon gar nicht um einen festen Fernbeziehungsfreund. Dann denke ich an meine anderen Freunde, die es sich bei mir zu Hause gemütlich machen, und mir fällt auf, dass mir die Ferne zwischen uns gar nicht aufgefallen ist. Zurzeit sind alle meine Beziehungen fern. Andererseits, fern ist auch die Nähe zweier Menschen, die sich auf dem Kieker haben.

»Möchtest du einer meiner festen Freunde werden?«, frage ich.

»Dafür bin ich nicht qualifiziert, Kröte«, sagt Carl und gibt mir einen langen zärtlichen Gutenachtkuss.

Die Geschichte von Laurette, der Bankräuberin, ist ziemlich kompliziert. Sie füllt ganze zehn Seiten in Carls Mordtagebuch. Carl schreibt, dass er auf immer und ewig bereuen und bedauern wird, was passiert ist, obwohl sein Motto »Reue ist Lebenszeitverschwendung« lautet, und dass er alles rückgängig machen würde, wenn er könnte, weil das Mädchen, das in der Stunde des von ihm geplanten Mordes das Geld aus der Bank mitgehen ließ, überhaupt nicht Laurette war, sondern eine Bankräuberinnenvertretung mit einer Schwäche für bunte Gesichtsmasken und bunte Handschuhe, die eine blumengemusterte Maske trug, die gut zu ihren blauen Augen passte, und nachdem Laurette ihren Körper verlassen hatte und ihr Körper mit offenen Augen vor ihm lag, wusste er, nein, das hier kann nicht Laurette sein, niemals, denn in Laurettes Akte war eindeutig von eisgrauen und nicht von blauen Augen die Rede gewesen, also riss er ihr die Maske vom schlaffen Gesicht, und der Anblick war der von ihm gefürchtete, schlagende Beweis – er hatte die falsche Person ermordet.

Laurette lag am fraglichen Tag mit Grippe und neununddreißig Grad Fieber und einem Stapel Zeitschriften zu Hause und sah sich Wiederholungen ihrer Lieblingsfernsehsendung und eine von der Kritik sehr wohlwollend aufgenommene Reportage über das wahre Leben von Bonnie und Clyde an, die sie sich für einen besonderen Anlass aufgehoben hatte. Sie schätzte sich glücklich, dass ihre Arbeitskraft an diesem Krankheitstag von jemandem aufrechterhalten und bewahrt wurde, und dieses Wort, *bewahren*, in dem immer auch das Vertretenwerden und das manchmal nicht zu verhindernde Nichtsnutzigsein-müssen mitschwang, war ein Wort ganz nach ihrem Geschmack: das Hemd, das ihre Schultern vorm Nacktsein bewahrte, die Decke, die ihren Körper vorm Frieren bewahrte, die Mütze, die ihren Kopf vor Kälte bewahrte, das Dach, das ihre Mütze vorm Wegfliegen bewahrte, und das Universum, das ihren Arsch mal wieder vorm Schlimmsten bewahrte, vorm Nichtvertretenwerden an einem Krankheitstag zum Beispiel, ach, was konnte sie sich glücklich schätzen, oh glückliche Laurette. Sie hatte hohes Fieber, ihr Fieber war so hoch, dass sie Fieberfantasien plagten, in denen der Raub missglückte, in denen in der Bank etwas schiefging, und ihre kleine Schwester, die an diesem Tag für sie eingesprungen war, stand vor ihr, neben der Couch, Laurettes blumengemusterte Maske im Gesicht, und flehte sie an, sie solle zu ihr kommen, ihr zu Hilfe!

»Der Raub floppt«, sagte ihre kleine Schwester, das jedenfalls dachte Laurette.

»Das Leben ist ein Flop, gefangen in einem Körper«, sagte Laurette, die auf der Couch lag, und als sie sich sprechen hörte, wusste sie, dass sie fantasierte, und schlief wieder ein, einen Zeitschriftenartikel auf dem Schoß, in dem stand, weshalb Brustvergrößerungen und Flip-Flops in den meisten Fällen Flops waren.

Laurette erfuhr es spät am Abend in den Nachrichten, jemand hatte versucht, eine Bank auszurauben, jemand war tot, die Bankräuberin war tot, die Leiche wurde vermisst, und Carl stand vor ihrem Haus und sah in ihr Fenster, und Laurette war verwirrt und verzweifelt zugleich. Sie brach in hysterisches Gelächter aus, wie eine Frau, über der ein Klavier zu Boden geht, nur schlägt das Klavier einen Fingerbreit neben der Frau auf, und in dem Moment, in dem ihr bewusst wird, dass ihr Leben verschont wurde, fängt sie wie eine Irre zu kichern an. Und dann brach Laurette in Tränen aus, wie eine Frau, die begreift, dass sie zwar nicht selbst von dem Klavier getroffen wurde, dafür aber eine andere Person, und zwar nicht irgendeine, sondern ihre kleine Schwester, die auch eine brillante Bankräuberin war, die so viel Potenzial hatte, so viel Potenzial, Wunderkindpotenzial, und plötzlich war ihr das Wort *Potenzial* zuwider, weil Potenzial entweder verschwendet oder ausgeschöpft wurde, und wer in dieser Geschichte nicht mehr aus der Fülle des Lebens schöpfen konnte, dürfte wohl klar sein.

Das Universum hatte sie einmal mehr vor dem Schlimmsten bewahrt. Das Universum! Das nichts nimmt, nur ersetzt, vertretungsweise eins an die Stelle des anderen treten lässt. Materie wird weder erschaffen noch vernichtet. Materie wird ersetzt, verwandelt, verlagert. Aber wenn nichts wirklich verloren geht, wie können wir dann je trauern? Das wollte Laurette wissen. Laurette lachte und weinte und lachte und weinte über das Wort *bewahren*, das sie an das Hemd erinnerte, das ihre Schultern vor Nacktheit bewahrte, und an die Schultern ihrer toten kleinen Schwester, die hoffentlich ein *Leichenhemd* bedeckte, und das Leichenhemd erinnerte sie an den allumfassenden *Kummer*, der sie davor bewahren würde, das Todesunglück ihrer kleinen Schwester von ihrem Überlebensglück überschatten zu lassen, und sie schaltete den Fernseher aus, öffnete das Fenster, um frische Luft hereinzulassen, und da nun stand Carl, in der Dämmerung, und beobachtete sie. Eine Frau von geringerem Format hätte vielleicht geschrien, aber Laurette, die seit über zwanzig Jahren nichts mehr geschreckt hatte, sagte nur: »Willst du vielleicht reinkommen?« Denn sie wusste, dies war der Tod, gekommen sie zu holen, ein für alle Mal.

Über diesen Teil der Geschichte schrieb Carl in allen Einzelheiten. Er schrieb, wie er bei Laurette Fieber maß, es lag bei genau achtunddreißig Grad, als hätte der tödliche Verlust sie abgekühlt. Wie durch ein Wunder durfte er sich um sie kümmern. Er legte ihr kalte Kompressen auf die Stirn und brachte ihr Eisbeutel an die Couch, er stellte Suppe auf den Herd und wartete, bis das Feuer der Suppe die Kälte ausgetrieben hatte, führte sie mit einem Löffel an Laurettes trockene Lippen, zog ihr die Decke unters Kinn, setzte sich zu ihr. Laurette war klein, sie passten beide auf die winzige Couch, ohne sich auch nur zu berühren, sie musste nicht einmal ihre Beine anwinkeln.

»Bist du gekommen, um mich mit Suppe zu vergiften?«, fragte Laurette, und Carl sagte, nein, zwei Leben in einer Nacht seien zu viel und schlecht für seine Konstitution und schlecht für die Welt, und da er die Leiche ihrer Schwester beseitigt hatte, würden alle davon ausgehen, dass Laurette und nicht ihre Schwester getötet worden war, und es musste auch niemand davon erfahren, niemals, vor allem nicht die Leute, die Carl damit beauftragt hatten, Laurette zu töten, und so konnte sie, Laurette, weiter Banken ausrauben, und niemand würde, im Leben nicht, eine Dame verdächtigten, allzumal, wenn diese Dame sie selbst, die nach Lage der Dinge längst mausetote Laurette war.

Laurette sagte eine Weile lang nichts. Dann sagte sie: »Wer hat dich damit beauftragt, mich umzubringen?«

Carl durfte Informationen dieser Art nicht weitergeben, vor allem nicht an noch zu ermordende Personen, aber er war in Offenbarungsstimmung und dachte an die vielen Filme, in denen die Bösewichte ihren Gefangenen ihre teuflischen Pläne bis ins Letzte auseinandersetzten, bevor sie ihre teuflischen Pläne schließlich in die Tat umsetzten, das heißt, vielleicht gab es eine Tradition, vielleicht gab es Präzedenzfälle, die so ein Draufgängertum rechtfertigten, und außerdem gab es in dieser Geschichte sogar zwei Bösewichte, die sich mit der Tatsache, dass sie Bösewichte waren, auf ihre je eigene Weise, zu ihrer je eigenen Zeit, abgefunden hatten, lang, lang ist's her.

»Die Bank hat mich beauftragt«, sagt Carl.

»Aber die Bank hat doch *mich* beauftragt, die anderen Banken auszurauben!«, sagte Laurette. »Und dann haben mich die anderen Banken beauftragt, die Räuberbank aus Rache auszurauben!«

»Vielleicht sind alle Banken ein und dieselbe Bank und somit eine einzige große Bank«, mutmaßte Carl, und Laurette ließ diese Vorstellung kurz auf sich wirken. Vielleicht sind alle Banken ein und dieselbe Bank. Vielleicht sind alle Menschen ein und derselbe Mensch. Vielleicht bin ich meine Schwester, und meine Schwester ist ich, wodurch das Leben auch ein Zustand des Totseins wäre. Ihr fiel auf, dass es ihr ein bisschen besser ging, ihre Stirn glänzte vor Schweiß. Sie genehmigte sich noch ein Schlückchen Suppe, und dann erinnerte sie sich wieder an ihre Schwester, und ein neues Fieber brach aus. Sie erinnerte sich daran, wie sie als kleine Mädchen »Räuber und Gendarm« gespielt hatten und dass keine von ihnen der Gendarm sein wollte, weswegen sie aus Gründen der Plausibilität und Notwendigkeit einen richtigen Gesetzeshüter mitzuspielen baten, und er spielte auch mit, und zwar spielte er sich selbst und bildete sie solide aus, in Gerechtigkeits-, Strafverfolgungs- und Rechtsbeugungsfragen, und er prägte ihre Zukunft auf eine Art und Weise, die er nicht für möglich gehalten hätte. Sie beide lernten sehr viel in jenem Sommer.

Und dann machte Carl noch mehr Suppe. Und dann sahen sich er und Laurette die Reportage über Bonnie und Clyde an. Und dann sprachen sie über das Business, ihre Berufe, nein, ihre Berufung, denn die Notwendigkeit ihrer Berufe tröstete sie, und sie sprachen darüber, wie sich die Türen zu ihren Handwerkskammern geöffnet hatten, nachdem sich alle anderen Türen geschlossen hatten, und in der Not frisst der Teufel Fliegen, und ist es nicht sowieso so, dass man oft genau dann zu seiner Bestimmung findet, wenn man die allerletzte Option ins Auge fasst, seinem selbstmitleidigen Selbst gegenüberstehend, kurz vor dem Abgrund?

»Kannst du mich zu ihrer Leiche bringen?«, fragte Laurette.

»Mehr oder weniger«, sagte er, wickelte sie in eine Decke, führte sie durch die Stadt, vorbei am Hafen und weiter zum Strandbad, wo die Wellen hin und her und über den Sand leckten. Ich war ganz in der Nähe in der Mörderhütte, legte Kekse auf den Teller, kochte Kamillentee und wusste nicht, dass Carl mit der Frau, die er umbringen sollte, vor der Hütte stand.

»Deine Schwester ist da draußen bei den anderen Leichen«, sagte Carl und zeigte aufs Meer.

Laurette stand am Grab und weinte um ihre Schwester und um die anderen Menschen, die Carl umgebracht hatte, und um die Menschen, die andere Menschen als Carl umgebracht hatten, und um die Menschen, die sich gegenseitig umgebracht hatten, peng, peng, und um die Menschen, die auf hoher See verschollen oder in Flugzeugen aus dem Himmel ins Wasser gestürzt waren, und um die Menschen, die in diesen Flugzeugen hätten sitzen sollen, aber umgebucht hatten und verschont geblieben waren, nur um mit anderen Flugzeugen zu fliegen, die in andere Meere oder Eisberge oder Menschen gestürzt waren, und sie weinte um die Menschen, die nicht zur Arbeit gegangen, sondern zu Hause geblieben waren und sich Ziegelsteine um die Knöchel gebunden hatten und sich auf den Meeresgrund gestoßen hatten, wo sie auf andere Menschen getroffen waren, die in den Tod gestürzt waren, und sie weinte um die explodierten Ozeandampfer und um die leichtsinnigen Matrosen, die sich von den Sirenen hatten verlocken lassen, und um die Menschen, die, lang, lang ist's her, in Städten gelebt hatten, die jetzt versunkene Städte waren, und dann kam ihr ein Bild in den Sinn, von Leichen, von trümmergleich durchs Meer treibenden Toten, wie magnetisch voneinander angezogenes Treibgut, ein unwiderstehliches Bild, eine ungeheure Boje aus Leichen, eine Art Brücke, der Landbrücke nicht unähnlich, auf der das Urvolk der Erde einst das Meer überquerte, neues Land, das zu einem neuen Kontinent zusammentreibt, der neue Gebirge und Landschaften hervortreibt, eine so noch nie gesehene Geografie, Wüsten wie Rümpfe, Wälder voller Bäume wie Köpfe voller Schöpfe, und die Leichen vereinen sich zu einer außergewöhnlichen Materie, mit ausreichend Drift und ausreichend Schwung, die dreckige, schale, alte Welt vor ihrer Nacktheit zu bewahren, die ganze Welt zu bedecken, an ihre Stelle zu treten, sauber, frisch und neu, und auf diese Weise, dachte Laurette, könnte man, vielleicht, ganz von vorne beginnen.

Irgendwann fragt mich Carl, ob ich mal mitmorden will. Ich sitze auf dem Feldbett, und er sitzt an seinem Schreibtisch. Den Moment habe ich kommen sehen, schon eine ganze Weile. Anfangs dachte ich, wir hätten eine Romanze, da war der lange zärtliche Kuss, die Erinnerung daran habe ich tief in meinem Portemonnaie vergraben, für schlechte Zeiten, unsere Romanze hat sich weiterentwickelt. Kein Armor überschüttet mich mit Pfeilgewittern, der Zauber liegt jetzt in der Aussicht auf die Weitergabe von Knowhow. Carl ist dazu übergegangen, mich zu unterrichten: professionelles Messergriffgreifen, Vorschlaghammerschwingen (aus den Knien, nicht aus den Schultern), qualifizierter Gifteinsatz. Beim Verabreichen von Gift darf man nichts falschmachen, sagt Carl. Also auf keinen Fall übertreiben! Soll doch hübsch aussehen, wie ein Unfall.

Und dann sagt er, dass ich so weit bin.

»Ganz sicher, Carl?«

»Du würdest es allen zeigen!«, sagt er und klatscht mir aufs Bein. »Du wärst der perfekte Kompagnon! Überleg doch mal!«

»Ich muss darüber nachdenken«, sage ich. Ich denke darüber nach, ob ich mit bloßen Händen morden, dann nach Hause gehen und mit bloßen Händen die Wange meines Lieblingsfreunds berühren kann, und ob ich meine bloßen Hände in die Tasche stecken und ob ich weiter meine Finger benutzen kann, um damit durch alle meine Erinnerungen zu blättern, die sich mit jedem mörderischen Blättern verändern.

»Also, normalerweise ziehe ich Handschuhe an«, sagt er.

Aber macht das einen Unterschied? Vielleicht. Eine Tötung zu planen ist das eine, die Tötung als solche etwas völlig anderes.

»Und ganz unerfahren bist du auch nicht«, sagt Carl. »Sei doch nicht so bescheiden, Mensch! Du hast doch auf dem Piratenschiff die Hochstaplerin Pearl geköpft. Und noch dazu ganz allein! Keiner wird deine legendäre Bluttat so schnell vergessen. Auch ich nicht.«

»Wohl wahr«, sage ich, verstört von seinem guten Gedächtnis. Hat er meine legendäre Bluttat in seinem Buch der Bluttaten dokumentiert? Allmählich schnürt mir Angst die Kehle zu. Ich denke daran, wie ich die mutmaßliche Pearl über die Reling gehievt und ihr einen Rettungsring umgelegt habe.

Ich will mir nicht so viele Gedanken machen und einfach jeden Tag lügen, ich übe vor allem, indem ich mich selbst belüge.

»War das dein erstes Mal?«, fragt er, und die Frage überrascht mich.

»Ja, klar.«

»Man kann ja nie wissen«, sagt Carl und gibt mir Zeit, damit ich mir die Sache überlegen kann.

Ich habe mir einiges über Carls Morde angelesen, und ehrlich gesagt bin ich mir nicht sicher, ob ich habe, was es zum Morden braucht. Es fällt mir schwer zuzugeben, dass ich unschlüssig bin, ich nehme es auch nicht auf die leichte Schulter, dass es Tätigkeiten geben könnte, für die ich nicht gemacht bin. Als Aushilfe schmerzt es mich, der Wahrheit ins Auge zu sehen: Ich bin nicht geschaffen für das Leben einer Mörderin.

In Carls Mordtagebuch finden sich detaillierte Todesbeschreibungen, Tortendiagramme, Theorien des Tötens:

stumpfe Werkzeuge, geplatzte Trommelfelle, durchstochene Augen, auf der Schädelrückseite austretende Klingen. Manche Frauen fragen nach dem Tötungsprospekt und machen Vorschläge, wie Carl seinem Opfer noch mehr Schmerzen zufügen kann. Ans Foltern hatte ich noch gar nicht gedacht. Manche Männer fragen nach dem Tötungsprospekt und machen Vorschläge, wie Carl dem Opfer möglichst wenig Schmerzen zufügen kann. Manchmal sind es gnädige Morde, manchmal nicht. Manche Männer wünschen sich etwas, eine Kleinigkeit, die erst zum Schluss der Tat zum Tragen kommt, zum Beispiel, dass Carl, kurz bevor er das freigelegte Gedärm massakriert, eine Narzisse hervorzaubern soll, und die Narzisse ist für Carl ein Mysterium, aber in den Augen des Opfers zeigt sich der Blitz der Erkenntnis, so günstig terminiert, dass er mit dem Tod koinzidiert.

Ich sitze auf der Seebrücke, löffle mein Wassereis und wäge das Für und Wider ab. Früher bin ich oft lange aufgeblieben, um zusammen mit meinem Versicherungsvertreterfreund, der nebenbei Risikomanagement betreibt, Pro-und-Kontra-Listen zu erstellen und wichtige Entscheidungen zu bilanzieren. Wie von selbst sind die Listen schon bald zu giftiger Kurzprosa über meine Freunde verkommen: wer schnarcht zu oft, wer trinkt zu viel, wer heiratet mich irgendwann, wer schlägt mich irgendwann, wer wird irgendwann von seinen Katzen gefressen, wer hat die größte Wohnung, wer hat das löchrigste Herz. Wir schliefen ein auf Bergen von Papier, und wenn ich morgens aufwachte, hatte ich Kopfschmerzen und Lästerkater, die Art von Kater, die man bekommt, wenn man den ganzen Abend nur Stuss und Blech und Kohl redet, sich wie die schlimmste Giftspritze aufführt und nicht verhindert, dass einem der Seim der Garstigkeit über die Lippen geschleimt kommt.

Heute ist meine Pro-und-Kontra-Liste kurz. In der Pro-Spalte steht: Tötungsfortbildung. In der Kontra-Spalte steht: Ups, jetzt ist einer tot. Und ich habe Carls Mordtagebuch noch nicht richtig beschrieben, den Umfang, die Anzahl der Bände, Seiten über Seiten voller anschaulicher Darstellungen, mit bunten Filzstiften geschrieben, und dann gab es da noch die Seiten in der Mitte, nur weiß ich nicht, ob darauf etwas geschrieben stand, weil irgendwer die Seiten rausgerissen hat. Übrig ist: eine verwüstete, mit Papierkrümeln übersäte Buchrückennarbe. Ich stelle die Hütte auf den Kopf, suche nach den fehlenden Seiten, aber ich finde nie etwas, und jedes Mal bin ich überzeugt davon, dass sie schon seit Langem gequirlter Meeresbrei sind.

Carl sagt, dass mir die Drecksarbeit vorerst erspart bleibt. Ich soll mich erst mal nur um das Projektmanagement kümmern. Schmiere stehen. Den Waffenbeutel tragen. Böse gucken und später dann bierernste, waschechte Bosheit an den Tag legen. Carl will, dass ich mich bis zum Wochenende entscheide.

Als Carl mit Laurette in die Panini-Manufaktur geht, schnappe ich mir sein Tagebuch und renne zum Gefängnis. Ich gehe am Hafen und am Strandbad vorbei, biege Richtung Stadtzentrum ab, durchquere das Stadtzentrum, bis die Stadt sich zurückzieht und in ein Wäldchen und dann in einen Wald übergeht, den ich noch nicht kannte, bis jetzt. Ich überquere ein Bächlein, eine Lichtung, passiere mehrere Holz- und Maschendrahttore, einen Metalldetektor, einen Detektor für klandestine Liebesaffären, einen Kummerdetektor und einen neuartigen Detektor, der Konspirationen erkennt und bereits zum Patent angemeldet wurde, dann trage ich mich unter falschem Namen in das Besucherbuch ein und sage, dass ich gekommen bin, um Carls Kumpel zu sehen, der hier richtig lang hinter Schloss und Riegel sitzt.

»Ich möchte Carls Kumpel sehen, der hier richtig lang hinter Schloss und Riegel sitzt.«

Ich will Carls Kumpel zu den fehlenden Seiten befragen.

»Weißt du was darüber?«, frage ich ihn und schlage Carls Buch auf.

»Das wird Carl aber nicht gefallen«, sagt er, »dass du sein Buch liest.«

»Das Leben ist hart.«

»Hart stimmt genau. So hart wie ich. Ich habe sein Buch auch gelesen.«

Ich lächle, zum ersten Mal, er lächelt auch, und ein Aufseher kommt zu uns an den Tisch.

»Davon raten wir ab«, sagt der Aufseher, also Schluss mit Lächeln, und er geht wieder. Um Carls Kumpel den Deal zu versüßen, lege ich ihm Zigaretten hin.

»Die Seiten, nach denen du fragst, waren die Seiten über mich«, sagt Carls Kumpel, nimmt die Zigaretten und streicht sich mit dem Daumen über den Bart. »Er hat alle Beweise vernichtet und meine Strafe um zehn Jahre verkürzt.«

»Verstehe.«

»Er beschützt mich, immer, so gut es geht. Carl eben.«

»Klar.«

»Jetzt weißt du, was ich weiß. Jetzt wissen wir beide dasselbe, weißt du?«

Ich weiß.

Ich verabschiede mich von Carls Kumpel, wünsche ihm alles Gute und halte die Luft an, als ich durch den bereits zum Patent angemeldeten Konspirationsdetektor, den Kummerdetektor und den Metalldetektor, durch mehrere Torc, über eine Lichtung und einen Bach und durch den Wald, den ich jetzt kenne, am Hafen vorbei und am Strandbad entlang zurück ins Stadtzentrum gehe und Carl und Laurette in die Arme laufe, die auf dem Rückweg in die Hütte sind und ihre Paninis verputzen.

»Okay, Carl«, sage ich. »Ich mach's.«

»Okay«, sagt Carl und nickt Laurette zu, und Laurette nickt zurück, und so stehen wir da, wir, eine kleine nickende Traube.

Also sage ich Ja zu dem Mord, aber nicht so sehr um des Mordens willen, sondern aus Respekt vor Carl, seiner Loyalität, seinem grundsoliden Charakter und der Freundschaft zu Ehren, die ihn mit seinem Kumpel verbindet, der hinter Schloss und Riegel sitzt, denn Hand aufs Herz, so eine Freundschaft ist es wert, zu töten und hinter Schloss und Riegel zu sitzen, wenn nicht mehr.

»Gut«, sage ich, »ich bin dabei, wen soll ich töten?«

Und Carl sagt: »Zuerst wird geübt.«

»Arbeitet sie jetzt mit uns zusammen?«, frage ich und zeige mit dem freundlichsten Finger, der mir zur Verfügung steht, auf Laurette. »Fest, meine ich?«

»Vielleicht«, sagt Carl. »Geht das in Ordnung?«

»Darüber zu urteilen steht mir nicht zu, aber wahrscheinlich schon. Klar, warum nicht!«

Laurette ist am anderen Ende der Hütte, wo sie Carls Bett macht, aber nicht so wie ich, sondern so wie im Krankenhaus, sie faltet die Decke am Fußende fest um die Ecken der Matratze und strahlt mich an. Was sie nicht weiß: Carl hat eine Vorliebe dafür, seinen Fuß aus dem Bett hängen zu lassen, wenn er schläft. Das Bett wird am Morgen ein Schlachtfeld sein.

Wenn Carl sagt, zuerst wird geübt, dann meint er damit die Einarbeitungsbeschattung. Ich werde hinter ihm stehen und seine Bewegungen, Gefühle und seine Worte beschatten. Ich werde stumm sein wie sein Schatten und ganz in Schwarz gekleidet. Laurette leiht mir ihren schwarzen Rollkragenpullover und ihre schwarze Hose, dazu trage ich meine gestohlenen Stiefel.

»Siehst gut aus«, sagt sie, und ich glaube ihr.

Ich bin Carls Schatten in der Panini-Manufaktur, nehme Schattengeld aus meiner Schattentasche, lege das Schattengeld auf den Schattentresen, der ein kleines Stück neben dem richtigen Tresen steht. Danach sitze ich breitbeinig auf einer Schattenbank hinter Carls richtiger Bank und schmiere mir ohne Schattenmesser Schatten- mayonnaise auf mein Schattenpanini, das ich anschlie- ßend schattenverschlinge, aber wegen der vielen Schatten schmeckt das Schattenpanini nicht wie ein Schattenpani- ni, sondern wie eine stinknormale Stulle. Als Carl seinen Mund so richtig weit aufreißt, reiße auch ich meinen Mund so richtig weit auf, und als er einen großen Bissen nimmt, nehme auch ich einen großen Schattenbissen. Wenn der Bissen kein Schattenbissen wäre, wäre es die Art von Bis- sen, zu der meine Mutter gesagt hätte: »Schling nicht so, du erstickst sonst noch.« Dann zupft sich Carl ein Salat- blatt aus dem Mundwinkel, und was auch immer man von meinen Schatten halten mag, meine Hände mache ich mir bestimmt nicht schmutzig, also spare ich mir das mit dem Salatblatt.

Wir spazieren im Licht der untergehenden Sonne nach Hause. Ich schlafe jede Nacht im Schlafschatten von Carls Schlaf, was völlig in Ordnung ist, weil Laurette bis auf Weiteres mein Feldbett beansprucht. Meine Träume be- schatten seine Träume. Ich bin eingesperrt in dem Schat- tenleben, das ich führe. Carls Fuß, wer hätte das gedacht, guckt unter der vorher fest um die Ecken der Matratze gefalteten Decke hervor, also lasse auch ich meinen Fuß unter meiner Schattendecke hervorgucken, auf dem Fuß- boden neben Carl.

Eines Morgens, ich bin gerade erst aufgewacht, steht er über mir. »Phase zwei«, sagt er. »Ab jetzt spiegelst du mich.«

Diese Aufgabe ist persönlicher, und nichts ist persönlicher als meine Performance. Augenkontakt und körperliche Nähe. Wir arbeiten in der Hütte, stimmen unsere Bewegungen aufeinander ab, lernen, uns so zu bewegen, wie sich der andere bewegt. Ich wasche mir in der Dusche die Haare, indem ich Carl in der Dusche beim Haarewaschen zusehe. Er wäscht sich alles andere, indem er mir zusieht, wie ich mir alles andere wasche, und außer, dass alles andere bei ihm und bei mir anders ist, spiegeln wir uns perfekt. Manchmal berühren sich unsere Bäuche oder unsere Ellenbogen, als würde man einen Spiegel und plötzlich sich selbst berühren, und ich spüre, wie ein Beben meinen Körper erfasst, und denke an den langen zärtlichen Kuss und gerate in einen Sog, und eines Nachts küsst Carl seinen Spiegel, und sein Spiegel küsst ihn, während Laurette ganz in der Nähe auf meinem Feldbett schläft, und das ganze Zimmer zittert wie die Spiegelung auf einer sich bauschenden Plastikfolie.

»Hallo«, sagt er, sage ich.

Das geht eine ganze Weile so weiter. Ich bin überglücklich und habe endlich einen Grund, Carl rund um die Uhr anzusehen, das heißt, wenn ich es schaffe, so lange aufzubleiben, und Laurette hält Abstand und macht Lasagne für unsere kleine Spiegelweltzweisamkeit. Wir fangen an, mit einer Stimme zu sprechen, was nicht immer klappt. Das mit der Gleichzeitigkeit klappt bei mir mal so, mal so. Carl zeigt Verständnis. »Komm, jetzt sind die Waffen dran«, sagt er, und wir kämpfen mit dem Schwert gegen die Wand, verschütten gleich viel Gift, waschen uns gründlich die Hände und putzen alle Oberflächen, die mit dem

Gift in Berührung gekommen sind, mindestens genauso gründlich.

Dann passiert etwas. Als ich in Carls Bett aufwache, ist Carl nicht da. Irgendwann kommt er zurück und sagt so gut wie kein Wort.

»Carl?«, frage ich, aber Carl schweigt. Ich glaube, ich höre ein kurzes, nicht fertig gelachtes Lachen, etwas wie Spott, einen naserümpfenden Rülpser, aber ich bin mir nicht sicher.

Er geht mit Laurette spazieren, und ich kann nicht anders, ich muss wie eine Verrückte durch die Hütte tigern. Vielleicht weiß er, dass ich bei seinem Kumpel war, der hinter Schloss und Riegel sitzt. Vielleicht weiß er, dass ich sein Tagebuch gelesen habe. Vielleicht ist es unverzeihlich, so etwas zu tun.

Carl und Laurette kommen spät nach Hause, ich stehe vor der Tür und warte. »Carl? Laurette? Carl? Laurette?«

»Phase drei, Herzchen«, sagt Laurette und streicht mir über die Wange. »Wir haben dir wen besorgt, den du töten kannst.«

Die Person, die ich töten soll, befindet sich sorgfältig gefesselt im Tresorgewölbe einer Bank, zu deren Direktor Laurette nach wie vor einen guten Draht hat. In dieser Bank sind Laurette und Carl auf ihrem Spaziergang gewesen, hier haben sie das Opfer gefesselt und in den Tresor gesperrt. Er oder sie wird dableiben, bis ich komme, um zu tun, was zu tun ich eingewilligt habe, meine Arbeit nämlich, so lautet der Plan.

»Was muss ich sonst noch wissen?«, frage ich.

»Nichts«, sagt Carl, der mir nicht mehr in die Augen gesehen hat, seit wir Spiegel gewesen sind. »Nicht diesmal.«

Im Gänsemarsch geht es zur Bank, Laurette gibt mir den Beutel mit den Waffen, ich soll ihn tragen. Carls Mordtagebuch steckt sie auch in den Beutel, damit Carl die Exekution in dem Moment, in dem ich sie exekutiere, dokumentieren kann.

»Probelauf, Herzchen«, sagt Laurette. »Nur dass du hier nicht laufen, sondern töten sollst. Nur dass das hier keine Probe, sondern das Leben ist.«

Mein Blick verfinstert sich.

»Fühl dich bloß nicht unter Druck gesetzt!«, sagt sie.

Wir gehen am Hafen und am Strandbad vorbei ins Stadtzentrum. Wir sind maximal exponiert, und trotzdem kann uns keiner sehen. Verblüffend ist das. Gewieft und unsichtbar komme ich mir vor. Am Himmel leuchten Sterne und blaue Flugzeuglichter, die glitzern wie Farrens aquamarinfarbene Fingernägel. Und dann ab durch die Eingangstür, die Laurette aufbricht, ohne ins Schwitzen zu kommen. Und dann ab durch den abgeschalteten Metalldetektor und den zum Patent angemeldeten Detektor, der Machenschaften erkennt und den sie aus der Steckdose gezogen haben. Und dann ab durch die leere Lobby, ins Gewölbe, zum Tresor, den Laurette im Handumdrehen knackt wie Knöchel.

Und da, an den Stuhl gefesselt, von Türmen aus Dukaten umgeben, sitzt die mutmaßliche Pearl. Die vermeintlich und angeblich von mir abgemurkste Pearl.

»Dachte, du könntest zu Ende bringen, was du angefangen hast«, sagt Carl, und seine Stimme klingt kalt wie das Meer.

»Aber –«, frage ich. »Wie?«

»Rate mal, wer auch was für Paninis übrighat«, sagt Carl und zeigt auf die reizende Gefangene. »Rate mal, wen ich gestern gesehen habe, als ich noch ein Panini holen wollte, nur für dich?«, fragt er und zeigt wieder auf Pearl, Pearl, die in einer Tour gefangene Pearl.

»Rate mal, wessen Kopf und wessen Arme und Beine noch immer an diesem Körper hier hängen?«, fragt Carl.

Mein Gesicht fühlt sich an, als stünde es in Flammen, und ich weiß nicht, was ich mit meinen Händen machen soll. Ich weiß gar nichts mehr. Ich weiß nicht, wo ich hinsehen soll. Ich sehe zu Laurette, hoffe auf Zuspruch, aber sie trägt eine blumengenmusterte Maske und hat ihr Gesicht von mir abgewandt.

»Ich kann nicht fassen, dass ich dachte, wir wären gleich«, sagt Carl. »Ich kann nicht fassen, dass ich in dir den Widerhall von etwas in mir gehört haben will.«

Zum ersten Mal seit langer Zeit fällt mir auf, wie breit sein Körper ist, wie massig und groß.

»Aber das Schlimmste ist«, sagt er, »dass du deinen Job nicht erledigt hast.«

Er drückt mir ein Messer in die Hand, hält mir ein Messer in den Rücken und schubst mich auf die entsetzte Pearl zu, deren Mund mit Klebeband zugeklebt ist, jedes Blinzeln ihrer Augen eine Entschuldigung, ein Flehen.

»Ich kann nicht«, sage ich, und mein ganzer Körper zittert. »Ich kann nicht.«

Ich sage noch einmal, dass ich es nicht kann, diesmal stumm. Die Wörter bleiben irgendwo in mir stecken.

»Ich weiß«, sagt Carl, und auf einmal klingt er ganz zärtlich und tritt auf Pearl zu und schlitzt ihr die Kehle auf.

Ich halte mir die Augen zu.

So ist es gewesen, wird man sagen.

So wird es im Gerichtsprotokoll stehen.

Aber ich weiß, dass es nicht Carl war, der Pearl die Kehle aufgeschlitzt hat. Sondern Laurette.

Laurette hat Pearl mit einem Streich die Kehle aufgeschlitzt, mich am Arm gepackt, aus dem Tresor geschubst und Carl mit der sterbenden Pearl eingeschlossen, mit seinen Waffen und seinem Tagebuch, das sie ihm selbst in den Beutel gesteckt hatte, das Tagebuch, in dem jeder einzelne Mord steht, geschildert bis ins letzte Detail, durch die Bank weg alle Morde.

Der Tresor, eine Vorratskammer, eine Katakombe, ein Grab. Ein Griff – und er war zu.

»Tut mir leid«, sagt Laurette und schließt ab.

»Warum?«, fragt Carl und hämmert gegen die Tür.

Tränen steigen ihr unter der Maske in die Augen. »Mir fehlt meine Schwester!«, ruft sie.

Und dann rastet das Schloss mit einem dumpfen Klacken ein.

Und dann stehen wir auf einem Berg aus Treulosigkeit, und die Treulosigkeiten reichen so weit hinauf, dass sie wanken und kippen und sich überall verteilen, und ich höre Carl, der ein fernes Hämmern hämmert, das bald nur noch ein fernes Trommelfellzittern ist.

Dann führt Laurette ein Telefonat.

Dann stehe ich auf der Straße. Sirenen in der Ferne.

Dann werde ich umarmt. Und höre ein Wort – *lauf* – lauf, als wär's dein Job.

Dann ist Laurette weg, und die Polizei biegt um die Ecke.

Dann sitze ich in der Mörderhütte. Meine Sachen stecken in einem Beutel, meine Augenklappe, meine Rubine, meine Brosche in Form eines Nautilus, spiralförmig wie ein Wirbelsturm.

Dann erinnere ich mich daran, dass ich mit angesehen habe, wie jemand stirbt, und dass dieser Jemand eine Person namens Pearl war, weswegen auch ein kleiner Teil meiner Freundin Pearl gestorben ist.

Dann weiß ich nur noch, dass ich gar nichts weiß. Nicht mehr.

Hellwach gehe ich eine verlassene Straße entlang. Ich finde eine Telefonzelle und rufe an.

»So, so, Superstar«, sagt Farren, »jetzt ist es also doch passiert.«

»Es ist so schlimm, dich zu enttäuschen, Farren«, sage ich. »Dich zu enttäuschen ist das Allerschlimmste überhaupt.«

»Dabei lief doch alles blendend. Was für ein Jammer. Bist du so gut und erklärst mir das Ganze noch mal?«

»Carl ist im Knast.«

»Richtig! Richtig. Und du hast deinen Posten verlassen, ohne entlassen worden zu sein?«

»Richtig.«

»Pass auf: Ich bin enttäuscht, *richtig* enttäuscht.«

»Kannst du mir einen neuen Job besorgen?«

»Gar nichts kann ich dir besorgen!« Farren lacht erst und seufzt dann. »Herzchen«, ich kann hören, wie Farrens Nägel auf den Schreibtisch trommeln, wie sie sich das Telefonkabel um den Zeigefinger wickelt, »ich hätte diesen Anruf gar nicht erst annehmen sollen.« Den letzten Satz flüstert sie ganz leise. Ich hoffe, dass der sanfte Ton ihrer Stimme ein Fenster in meine Zukunft ist, ein Wohlklang, durch den ich hindurchklettern, mit dem ich alles wiedergutmachen kann.

»Kann ich das irgendwie ausbügeln?«, frage ich. »Ich kann's wieder ausbügeln!«

»Dieser vermasselte Auftrag ist ein Riesenschlamassel! Verstanden?«

»Verstanden.«

»Ach, gar nichts hast du verstanden.«

»Sag mir, was ich tun soll, Farren! Ich würde alles tun.

Du weißt doch, bei mir muss immer alles seine Ordnung haben.«

»Dann zurück mit dir in die Vergangenheit, damit es gar nicht erst zu dieser Katastrophe kommt. Deine Aussicht auf Beständigkeit dürftest du dir verbaut haben.«

»Ja?«

»Süße, ich bitte dich. Arbeitsflucht? Kriminelle Handlungen ohne Einhaltung der verpflichtenden Diskretionsmaßnahmen? Das macht, na ja, fünfzehn Strafpunkte vielleicht? Vielleicht auch mehr?«

»Oh nein. Nein, nein, nein.«

»Nicht weinen bitte, nicht weinen«, sagt Farren. »Du weißt, was mit flüchtigen Aushilfen passiert, oder, Herzchen?«

»Ja.«

»Gut, dann wirf jetzt einen Blick in deinen Lederterminplaner und verhalte dich entsprechend. Ich muss jetzt Schluss machen.« Farren legt die Hand auf die Muschel und ruft: »Pizza klingt super!«

»Bleib dran, nur ganz kurz!«, sage ich.

»Tut mir wirklich leid, aber nach einem so gründlich vermasselten Job kann ich nicht mehr mit dir reden. Wir dürfen die Agentur nicht weiter gefährden, klar?«

»Klar.«

»Es ist jetzt von allergrößter Wichtigkeit, dass die Agentur geschützt wird, verstanden?«

»Ja, verstanden.«

»Du rufst also vorerst nicht mehr an. Du schickst mir auch keine Stechkarten oder Geburtstagskarten. Verschwinde einfach. Hau ab. Hau ab! War's das? Okay?«

Farren legt die Hand wieder auf den Telefonhörer und ruft: »Unbedingt Peperoni, na sicher doch!«

Dann flüstert sie: »Du hörst schon noch von mir.«

Der Wohlklang, ich darf wieder hoffen. »Und wie findest du mich?«, flüstere ich zurück.

»Wie findet irgendwer irgendwen in dieser unendlichen Welt?«, sagt sie. Und dann: »Na gut, dann eben eine halbe! Vegetarisch!«

Bevor sie auflegt: ein Augenblick, ein Riss. Vielleicht hat es nichts zu bedeuten, aber ich meine ein Zögern darin zu erkennen. Ich fülle das Schweigen mit all den Dingen, die der Tag für Farren noch bereithält, mit ihrer Pizza, ihrem Gemüse, ihrem täglich Brot, mit ihren mehlbestäubten, in den Käse vergrabenen Nägeln. Mit ihren lachenden, albernden Kolleginnen. Mit ihrem Köpfezusammenstecken: »Kommt, wir stecken die Köpfe zusammen«, sagen sie und treffen sich, stecken die Köpfe zusammen, legen die Arme umeinander, und dann hieven sie Farren in ihrem ergonomischen Arbeitsstuhl in die Luft und befördern sie zum Getränkeautomaten am anderen Ende der Etage. Sie schlägt die Beine übereinander. »Ihr Scherzkekse!«, sagt sie. »Du kriegst eine Beförderung!«, sagen ihre Freundinnen. »Verstanden? Weil wir dich zum Getränkeautomaten befördern?« »Klar!«, sagt Farren, und dann spendieren ihre Freundinnen ihr, wie jeden Morgen, eine Flasche von ihrem Lieblingswasser. Das Büro expandiert und wird so groß wie meine Verzweiflung, und auf einmal ist Farren nur noch ein Pünktchen in einem Großraumuniversum, und das Universum füllt sich mit Farrens Hoffnungen, Träumen und hochfliegenden Plänen. Wohin geht sie um fünf Uhr nachmittags? Wohin sie will, ist doch klar! Der Bahnsteig ist lang wie ein Laufsteg und trägt sie bis vor ihre Haustür, ihr Zuhause, ihre Wohnung, in der es von Kindern nur so wimmelt, nein, von Katzen, nein, von Schubladen über Schubladen voller Nagellack, sortiert nach Farbe, genauso, wie sie es in einer Zeitschrift gesehen hat. Ich kann es mir vorstellen. Sie sitzt an ihrer Self-Care-Kommode, vor einem Fenster mit wehenden Vorhängen, zündet sich eine nach Tannennadeln duftende Kerze an, verreibt in ihren Handflächen einen Klecks Handcreme, grundiert jeden ihrer Nägel mit einem Lack, der ihre Nagelhäutchen schützt, trägt erst eine dünne Schicht Granitgrau auf, dann eine zweite, dann eine dritte, und fertig ist der in die Höhe gereckte Daumen zur Bejahung des positiven Einflusses von Farrens Arbeit auf die Welt. Zum Schluss noch Überlack, damit auch alles sitzt, und dann streckt sie die Hände von sich, wie eine Magierin, die Innenflächen nach unten, und versucht die Brise des hin- und herschwenkenden Ventilators zu erwischen. Freiwillige Bewegungslosigkeit hat etwas Ermächtigendes, denkt Farren und lächelt. Ich muss mich nicht bewegen, wenn ich nicht will! Meine Hände sind so weich wie meine Laken! Ich achte auf mich, denkt sie. Sie dreht ihre Hände hin und her, krümmt ihre Tatzen, praktiziert die für den Verkauf von Arbeitskraft notwendige Gymnastik. Sie sammelt Fingerfertigkeiten wie seltene Minerale. Sie verzaubert das Zimmer, damit es ihr jeden Wunsch erfüllt, den sie je gehegt hat, und das Zimmer beschert ihr ihre Lieblingsfernsehsendung und holt ihr einen Drink und schließlich auch das Tagebuch mit dem lila Filzstift als Lesezeichen, in dem Farren ihre Lebensgeschichte niederschreibt, ohne sich je zu fragen, ob ihr Leben das Zeug zur Story hat, und in der festen Annahme, ihr Leben folge einem Plot, der Sinn ergibt. »Heute bin ich aufgewacht«, schreibt sie, und in der Anschaulichkeit eines Menschen, der Gott reinen Wein einschenkt und dessen Leben nach den Gesetzen von Logik und Genauigkeit voranschreitet, fährt sie fort, sie schreibt: »Ich bin ein richtiger Charakter!«, und ergo muss es so sein. Sie schreibt nicht: »Heute habe ich eine Freundin im Stich gelassen«, weil sie an unser Telefonat, das sie als eine von vielen Enttäuschungen, als eine Enttäuschung in einer ganzen Reihe von Enttäuschungen, als eine vorschnelle Fehlinvestition ihres Vertrauens und ihrer Zeit verbucht hat, gar nicht mehr denkt. Ein Buch voller Frauen mit meinen Defiziten, Erfahrungen, Misserfolgen. »Heute habe ich Pizza gegessen«, schreibt Farren, »danach war ich satt.«

Wenn ihre Nägel gehärtet und getrocknet sind, sitzt sie in Jogginghosen auf dem Fußboden, evaluiert ihren Lebensentwurf, listet ihre Erfolge auf, liebäugelt mit einem Stapel voller Lebensläufe und sucht nach jemandem, der mich ersetzt.

Ich wünschte, ich hätte einen Verbrecherfreund, den ich anrufen könnte, aber ich habe keinen. Ich setze mich auf eine Bank neben der Telefonzelle, denke nach und beschließe, meinen pazifistischen Freund anzurufen, mit dem ich mich noch nie gestritten habe. Er geht ran und klingt außer Atem, aber froh.

»Oha«, sagt er. »Wenn man vom Teufel spricht!«

»Bin ich jetzt der Teufel?«

»Sei doch nicht so konfrontativ, Schatz, ist doch bloß eine Redewendung.«

»Na gut.« Es gibt Wendungen, die sagt man nur ein, zwei Mal so dahin, und dann wenden sie sich ins Gegenteil oder wer weiß wohin.

»Dreimal darfst du raten!«, sagt er. »Das errätst du nie! Nie, nie, nie. Oh Mann.«

»Was denn? Ist alles in Ordnung?« Weder mein Herz noch mein Hirn noch sonst irgendwas in mir kann einen weiteren Schock verkraften.

»Mir geht's bestens! Uns allen geht's bestens!«

»Euch allen?«

»Genau. Wir haben uns an unserem Treffpunkt versammelt, zu einem ganz besonderen Anlass.«

»Und wo ist euer Treffpunkt?«, frage ich, als wüsste ich es nicht längst.

»Ach so, wir nennen jetzt deine Wohnung unseren ›Treffpunkt‹, wenn's schnell gehen soll, auch einfach nur ›Treff‹. Wir wollten nicht mehr ›deine Wohnung‹ sagen, das klingt so, als würde uns deine Wohnung, die wir so, so, so gut behandeln, kein bisschen mitgehören. Jedenfalls haben wir uns was anderes überlegt, und jetzt sagen wir ›Treffpunkt‹ und, wie gesagt, wenn's schnell gehen soll, auch schon mal ›Treff‹. Wie nett das klingt! Und in dem Namen steckt sogar drin, was wir hier vor allem machen: uns treffen! Manchmal kauft einer von uns auch eine neue Pflanze oder streicht eine Akzentwand oder hängt ein Akt-foto auf oder stellt den kaputten Couchtisch mit einem ›Zu verschenken‹-Schild vors Haus oder ersetzt deine kaputte Tasse, auf der ›Lieblingstasse‹ steht, oder macht noch eine zweite Tasse kaputt, damit es immer eine gerade Anzahl von Kaffeetassen gibt, oder stellt den Fernseher in eine andere Ecke oder rollt den Teppich zusammen, der nicht wirklich hier reinpasst, oder fängt eine Maus unter dem Teppich oder hält sich eine Maus als Haustier oder hängt ein Poster mit einer Lebensweisheit über die Couch oder räumt die Couch in die Küche oder sorgt dafür, dass die Zeitschriften, die wir abonniert haben, hierher geschickt werden, oder lässt unsere Einkäufe hierher liefern oder veranstaltet einen Wohnungsflohmarkt oder schmeißt alle Sachen weg, die hier im Moment sowieso nicht benutzt werden.«

Ich sage: »Alle Sachen, die sowieso nicht benutzt wer-den, werden deshalb nicht benutzt, weil ihre Besitzerin *nicht da ist*.«

Mir fällt wieder ein, wie mein pazifistischer Freund meine Wohnung aufgeräumt hat. Ich wollte ihm zeigen, wie er die Sofakissen arrangieren soll, weil ich zwar im All-gemeinen nicht besonders eigen bin, aber umso eigener, was Kissen angeht.

»Zeig's mir!«, sagte er in strategischem Einvernehmen.

Ich zeigte ihm, dass es mir gefällt, wenn die zwei kleinen gelben Kissen schräg an dem großen weichen Federkissen lehnen, mit den Knöpfen nach außen. Ich flankierte also das große Kissen und drapierte einen gehäkelten Überwurf auf der Sofalehne. Als mein pazifistischer Freund meine Inszenierung zu wiederholen versuchte, reihte er die Kissen unterschiedslos und soldatisch nebeneinander auf, was einer gewissen Ironie nicht entbehrte, schließlich war er Pazifist. Da standen nun also die kleinen Kissen aufrecht neben dem großen Kissen, eins neben dem anderen, mit weißen Etiketten an den Ecken wie Parlamentärsflaggen. Und obwohl es sich nur um einen Abklatsch handelte, der meinem bevorzugten Kissenarrangement kein bisschen ähnlich sah, bewirkte die Diskrepanz zwischen unseren verschiedenen Interpretationen, dass mir das Herz aufging, weil sich mein pazifistischer Freund so bemüht hatte, weil zwischen dem von ihm gewünschten und dem tatsächlichen Resultat ein Abgrund klaffte und weil er noch dazu ein so herzensguter Mensch ist.

»Außerdem«, sagt er, »haben wir jetzt eine Eidechse!«

Ich kann spüren, wie der Pazifismus mein inneres Feld räumt und hinter einem fernen Hügel verschwindet. »Wolltest du mir nicht was erzählen?«, erinnere ich ihn. »Spannende Neuigkeiten?«

»Ja! Genau! Also –«

Im Hintergrund wird getrötet, gejodelt, geklatscht.

Er sagt: »Dein Schrank ist jetzt ein Büro!«

Mein praktischer Freund greift nach dem Hörer. »Ein kleines Dankeschön für dich!«, seine Stimme ein athletisches Trällern von kunstfertigster Konstruktion.

»Wir haben die ganze Nacht durchgearbeitet!«, zwitschert mein koffeinsüchtiger Freund.

»Du hast jetzt einen Schreibtisch, auf dem du immer deine Kaffeetasse stehen lassen kannst«, sagt mein größter

Freund. »Wobei, die ›Lieblingstasse‹ kannst du nicht stehen lassen. Weil keiner weiß, wo die abgeblieben ist. Frag mich bloß nicht, wo die Kaffeetasse ist.«

Ich höre die umeinandergelegten Arme, das Telefon, zwischen zwei Wangen gequetscht. Ich höre, wie stolz sie sind – und nicht nur das. Ich frage mich, wer an dem Schreibtisch sitzen soll, solange ich weg bin, und ob es überhaupt darauf ankommt, dass jemand an dem Schreibtisch sitzt. Wird die Hauseidechse während meiner Abwesenheit auf dem Schreibtisch liegen? Nein, der Schreibtisch zählt nicht, was zählt, ist das Schreibtischprojekt. Ich höre Insiderwitze über den nächtlichen Umbau und verstehe rein gar nichts. Ich fühle mich wie ein Geburtstagskind, das damit überrascht werden soll, dass es nicht auf seine Überraschungsparty eingeladen ist. Die Freunde schwelgen in Einkaufserinnerungen: Donuts, Luftschlangen, Piñatas und Luftballons. Die Party dehnt sich aus und ersetzt das Geburtstagskind.

»Hat das Büro deinen Segen?«, fragt mein Lieblingsfreund.

»Aber natürlich! Wie nett von euch! Wirklich, wirklich nett. Ich weiß überhaupt nicht, was ich sagen soll. Ach ihr!«

»Du hast jetzt einen Stuhl, eine Lampe und einen Packen Papier!«, sagt mein Lieblingsfreund. »Und eine Schublade für deine Stifte!«

Mein Schrank hat eine Einlassung in der Wand, einen verborgenen Spalt, einen Scheinausgang. Wenn man tief genug in einen Menschen hineinspäht, entdeckt man einen zusätzlichen Raum, einen L-gebogenen Winkel, der über die Grenze des Körpers hinausreicht, hier befindet sich der Sitz der Seele. Meine Seele ist jetzt mit Büromaterial vollgestopft.

»Und sonst?«, frage ich meinen Lieblingsfreund.

»Gestern war die Frau, für die du gearbeitet hast, wieder da«, sagt er. »Sie hat ein Paar Schuhe von dir gestohlen. Sie behauptet, dass du noch immer ihre Stiefel hast. Sie ist überzeugt davon, dass ihre Stiefel deine ungraziösen Füße kleiden, deine grausigen gemeinen trampeligen Füße. Ich zitiere nur. Sie hat angefangen zu weinen, also haben wir ihr in deiner Lieblingstasse Tee serviert. Wir haben ihr angeboten, es sich auf der Ottomane bequem zu machen, und dann hat sie ihre Mokassins in die Ecke gefeuert und ihre nackten Zehen über den Stoff gerieben. Sie hat jedes Buch in deinem Regal angefasst. Sie hat uns ein paar tolle Geschichten über die Kleine erzählt, die jetzt ihre Schuhe organisiert, eine Praktikantin mit löblicher Körperhygiene. Sie hat deine Teeauswahl gelobt. Sie hat deine Lieblingstasse auf den Boden gefeuert. Sie war so gar nicht d'accord. Wir haben ihr erlaubt, ein Paar von deinen Clogs zu klauen. So war mehr Platz für dein Büro!«

»Und sonst?«

»Wir haben unsere alten pillerigen Pullover weggeschmissen. Die passen uns nicht mehr. Die sind uns zuwider. Wir tragen jetzt Jeansjacken. Wir haben eine große alte Tüte mit lauter anderen Tüten und kleinen zusammengeknäulten Plastiktüten in mittelgroßen Papiertüten weggeworfen. Wir haben einen Rock weggeworfen, der einen Riss hatte, der sich bis ganz nach oben zog. Wir haben einen Karton weggeworfen, der ganz hinten in deinem Schrank stand und in dem nur menschliche Asche war.«

Ich werfe den Hörer auf die Gabel und die Arme in die Luft. Ich werfe meinen Joggingmotor an, und der Motor läuft mehrere Tage. Ich werfe ein Bein vors andere und die Arme hin und her. Ich werfe jeden Gedanken an Schlaf über den Haufen. Die Kette um meinen Hals wird plötzlich ganz heiß, und der Vorstandsvorsitzende wirft sich mit ins Jogginggeschehen. Wir werfen uns ins Strandbadgetümmel und von dort aus ins Stadtzentrum und durch den Wald und über das Bächlein und weiter zu einem unauffälligen Gebäude ohne Schnick, ohne Schnack, ohne Klingel, Glockenspiel und Markisen, ohne Zeichen oder Anzeichen oder Willkommensgrüße. Ich gehe die Treppe hoch und betrete die Agentur für flüchtige Aushilfen.

Die Erste Aushilfe wurde mit der Durchführung zahlreicher Projekte beauftragt.

»Zünde diesen Dornbusch an!«, sagte einer der Götter, und sie zündete den Dornbusch an.

»Und jetzt sorgst du dafür, dass der Dornbusch wieder so aussieht wie vorher«, sagte ein anderer Gott, und so erlernte sie den Stumpfsinn des Machens und Rückgängigmachens, des irdischen Werdens und Sterbens in seiner ganzen Brutalität.

»Erschaffe ein Tier, das so selten ist, dass es nur fast existiert!«, sagte der Gott. Die Erste Aushilfe pfriemelte etwas zusammen, das außergewöhnlich und durch nichts zu ersetzen war.

»Jemanden!«, korrigierte sie die Götter.

»Und jetzt siehst du dir an, wie es ausstirbt«, sagten sie, und sie hielt den Flügel, sah ihn flimmern, verlöschen, vergehen.

ERINNERUNGS-
ARBEIT

Als ich noch klein war, verrichtete ich keine Erwerbsarbeit, sondern Hausarbeit. Ich wischte die Böden und den Staub von den Simsen, aber nicht in dieser Reihenfolge. Und ich ließ keinen Dreck auf frisch gewischte Böden fallen. So klein war ich nicht!

Ich räumte mein Spielzeug und meine Puppen weg, holte sie wieder hervor und stellte sie wieder hin. Hervorholen, wegräumen. Ich lernte, wie man Braten macht und isst. Meine Mutter führte meine Hand, schnitt das Fleisch mit mir gegen die Faser. »Schling nicht so, du erstickst sonst noch«, sagte sie.

Die Wohnung roch wie an einem Feiertag, und sie erzählte mir Gutenachtgeschichten. »Es gab die Beauftragte für die Spenderliste«, sagte sie. »Es gab die Verantwortliche für das Schreddern der Stammdatenliste. Es gab das Marketing, das Fundraising und das Business Development. Es gab das Zuspätkommen und das Zufrühkommen. Und das Pünktlichsein, das gab es auch. Und das Kästchen gab es, das mit den Stempeln, und den Korktafelkalender und das Buch mit den rosa Vordrucken, auf denen steht, was passiert ist, was genau und bis ins Letzte, in Abwesenheit deiner Person.«

Sie sang die letzten vier Wörter und entfernte sich dabei mit tänzelnden Schritten von meinem Bett, ging in den Flur und war verschwunden. Sie ließ die Tür einen Spaltbreit offen, damit ein schmaler Lichtstreif auf mein Gesicht fiel, während ich schlief.

Meine Mutter und ihre festen Freunde spielten Karten bis spät in die Nacht, je nach Abend und Freund ein anderes Spiel, eine Aneinanderreihung offener Arme, die sich durch die Woche zogen wie ein Royal Flush. Ich mochte, wie die Stimmen zu mir herauf- und an mich heranwehten, in den Gehörgang hinein, den kein Kissen verschloss. Trautes Gelächter, wohliger Schlaf. Wenn es stiller wurde, schreckte ich auf, lauschte auf die Geräusche, als Beweis für ihr Glück, ein atembehauchter Spiegel.

Morgens räumte ich die Karten beiseite und machte Kaffee, arrangierte die Kissen auf der Couch, wie es meiner Mutter gefiel, lehnte die zwei kleinen Kissen gegen das große rechteckige Zierkissen, auf dem in eleganter, geschwungener Stickschrift der altmodische Sinnspruch zu lesen war: *Nichts ist persönlicher als deine Performance.*

Der Pilotenfreund meiner Mutter versprach uns eine Weltumrundung, ist aber immer nur um den Block mit uns gegangen. »Deine Flugzeugarme zählen nicht«, sagte sie und schlenderte hinter uns her, während wir über die Straße flogen. Der Schusterfreund meiner Mutter brachte ihre Schuhe und dann auch meine in Schuss. Der größte Freund meiner Mutter war nur eins siebzig groß, hob mich aber trotzdem auf die Schultern und raste durchs Wohnzimmer mit mir, ich hatte Angst, mir den Kopf an der Decke zu stoßen.

»Früher hatte ich einen Freund, der noch größer war, aber jetzt ist dieser hier der größte«, sagte meine Mutter. »Bevor er mein größter Freund war, war er mein Bäckersfreund.«

Trotz seines neuen, größenbedingten Titels brachte uns der Bäcker weiter frische warme Baguettes, jeden Tag.

»Und was ist mit dem allergrößten Freund passiert?«, fragte ich.

»Den gibt es nicht mehr«, sagte sie und wandte sich ab,

und so wusste ich, dass dieses Thema jetzt ein für alle Mal abgehakt war.

Am liebsten war mir der Akademikerfreund. Er schenkte mir stapelweise Bücher, in Leder gebundene mit flatternden Seiten, die wir auf dem Teppich liegend lasen. Er dozierte über Piratenkunde, das Motiv des vergrabenen Schatzes und Multiplikation. Er zog weg, um an der Universität zu unterrichten. Ich heulte in diverse Stoffe, in Decken, Kissen und Schals, und als ich keine neuen Stoffe mehr finden konnte, heulte ich in den Rockzipfel meiner Mutter, griff in ihre Tasche und klaute ihr die Filzer.

»Nicht alle festen Freunde bleiben ein Leben lang«, sagte meine Mutter. »Die festen Freunde deiner Großmutter wurden alle zu den Waffen gerufen. Alle mussten sie fort, keiner durfte bleiben.« Sie rollte das Glas zwischen ihren Handflächen, eine Töpferin an der Scheibe. »Und außerdem«, sagte sie, »hatte deine Urgroßmutter feste Freundinnen.«

Sonntags gingen wir in den Park. Der Beatnikfreund spielte unter einem Baum seine Bongos. Der Hippiefreund flocht mir am Wochenende Kränze aus Disteln und Löwenzahn. Der Straßenverkäuferfreund vergaß nie, etwas für uns aufzuheben, etwas Salziges und etwas Süßes zum Nachtisch, eine Brezel und ein Tütchen mit honigsüßen Cashews. Der Pilot erzählte Luftfahrtanekdoten über Sicherheitsgurte, kleine Fläschchen (*sooo* klein!), den Abstand zwischen Flugzeug und Erde (*sooo* groß!). Und lange Strecken. Flach wie Flandern auf dem Boden liegend beobachteten wir die Flugzeuge, den winzigen Klimbim, der über unseren Köpfen durch die himmelswilde Weite krebste.

»Wenn ich groß bin, heirate ich die Internationale Raumstation«, sagte ich.

Und meine Mutter sagte: »So etwas tun wir nicht. Nicht unsereins.« Sie meinte das mit dem Heiraten an sich.

Manchmal platzte unsere Wohnung aus allen Nähten. Drei Menschen: sechs Arme, sechs Beine, dreißig Zehen, unendlich viele Haare, unendliche viele Poren, unendlich viele Träume. Aber die stillen Tage, nur meine Mutter und ich, mochte ich auch. Ich mochte es, wenn die festen Freunde eine Pause einlegten. »Wir haben eine Pause eingelegt«, sagte meine Mutter ungefragt, und was sie sagte, blieb unerwidert. Ich mochte es, wenn sie lieber am Couchtisch essen wollte. Erst aßen wir am Esstisch, dann nahm sie ihren Teller und ging quer durchs Zimmer. Dann nahm auch ich meinen Teller und ging quer durchs Zimmer hinter ihr her. Wir stellten unsere Teller auf den Couchtisch, zogen ihn näher, nah genug, bis an die Knie. Unter der Tischplatte war eine Ablage, eine Art Untertisch, auf dem wir unsere großen Gläser mit unseren kühlen Getränken abstellten. So aßen wir zu Abend, nur wir zwei, und hinterließen Kondensationsringe, kleine feuchte Galaxien.

»Viel besser«, sagte meine Mutter.

In warmen Nächten ließ sie die Fenster offen, und durch die Küche tänzelten bunte Blätter. Manchmal wuschen wir die Teller ab und vergaßen die unter dem Couchtisch verborgenen Gläser. Mit jedem Tag sammelten sich mehr Gläser an.

Nur wir zwei. Wir legten unsere Sachen auf den verlassenen Esstisch. Am Rand stapelten sich meine papierflatternden Bücher. Ein Eckchen gehörte nur mir, zum Schreiben und Malen mit meinen Filzern, die Beine im Schneidersitz auf dem Stuhl. Sobald es kalt wurde im Herbst, hängte ich meine Jacke über die Schusterstuhllehne, und im Winter hängte ich auch meinen Schal dorthin.

Meine Mutter hängte ihre Handtasche über die Beatnik-stuhllehne, und den Müllsack hängte sie an einen anderen Stuhl. In Zeiten wie diesen benutzten wir keinen Müll-eimer. Wir fegten und wischten auch nicht. Die Hausarbeit machte sich aus dem Staub, und ein Staubsauger wurde auf den achtundzwanzig Quadratmetern, die wir mitein-ander und mit niemandem sonst bewohnten, auch nie benutzt. Der große Müllsack hing an der Pilotenstuhlarm-lehne. Wenn er voll war, zu voll beinah, um ihn noch zu tragen, schleppten wir ihn die Treppe hinunter vors Haus.

An Sonntagen zu zweit zogen wir uns nicht einmal an. Wir blieben im Schlafanzug, bis es wieder Schlafenszeit war. Auf den Fensterbrettern lag eine dicke Schicht aus Schnee und Eis, und ich begann, mir das Haus, in dem wir wohnten, als kleines Schiff vorzustellen, verkeilt in ein gefrorenes, landgewordenes Meer. Dann schmolz der Schnee, und es herrschte wieder Trubel, Lärm brandete auf, die Wohnung füllte sich mit Körpern, mit Menschen und Freunden, Freunden zu Tisch und Freunden am Tele-fon, füllte sich mit all den Leben, die mit unserem Leben verbunden und von ihm getrennt waren, ein Kommen und Gehen, ein Aufkreuzen und Erneuern, ein Kehrtmachen und Fortgehen. Und dann waren da wieder die Hausarbei-ten, die Pflichten, die Arbeit zu leben in dieser Welt.

Meine Mutter sprang für die Freiheitsstatue ein. Meine Mutter sprang bei Gericht für Justitia ein. Meine Mutter sprang für die Bürgermeisterin ein und trommelte landes-weit für die Rechte der Aushilfen. Meine Mutter sprang für ihre Mutter ein. Meine Mutter sprang für die Mutter ihrer Mutter ein. Und für die Mutter der Mutter ihrer Mutter. Meine Mutter prüfte Fakten und fand vor allem Poesie. Meine Mutter sprang für die Standseilbahn ein. Spannte ihren Rock von den Bergen bis an die Küste, transportierte rockschoßweise Touristen, das jedenfalls erzählte sie mir.

Was heißen soll: Meine Mutter war größer als das Leben. Und am Abend, wenn sie das Licht löschte und mir Geschichten erzählte, war sie erschöpft.

»Und die rosa Zettel, auf denen steht, was passiert ist, was genau und bis ins Letzte, in Abwesenheit deiner Person.«

Sie trat zurück und aus dem Zimmer, sie zog die Tür ins klackende Schloss, kein Lichtstreif fiel, durch keinen Spalt.

Sie brachte mich weg, zu meinem ersten Job.

Termine, wimmelnd in Kalendern, dann abgehakt.

Termine, wimmelnd in meinem Lederplaner, und ohne Wiederkehr im nächsten Jahr. Mein Lederplaner passte in die Ledertasche, gekauft von meinem ersten Lohn. Ich streifte sie über die Schulter wie ein Lied, das Schnappen der Schnalle ein einziges Schmettern.

Als ich meine Mutter am Wochenende besuchte, saß ihr Akademikerfreund auf dem Teppich, in eine Zeitschrift vertieft. Endlich war er zurückgekommen, ohne Professur. Er beklagte sich bei meiner Mutter, er sagte: »Lebenszeit, pah!« Und ich beklagte mich über die Welt, über die ich nie zuvor gedachte Dinge dachte, nie zuvor gedacht durch mich. Wichtig war, unbeeindruckt zu bleiben. Wichtig war, uninteressant zu finden, was der Akademikerfreund dachte. Und am wichtigsten war es, dass ich die Interessanteste war. Mein Gang war jetzt lässig, ich hatte die ganze Welt im Blick, nur nicht ihn, sein Gesicht, seine Bücher, meinen lieben alten Freund.

»Ich denke Dinge über die Welt!«, sagte ich.

»Erzähl mir davon!«, sagte er.

»Du würdest sie nicht verstehen«, sagte ich und ging in

mein Zimmer und schloss die Tür. Nicht zugedeckt schlief ich ein. Vierzig Minuten später war ich wach, der Sabber auf meiner Wange getrocknet, die kurze Lebenszeit mit meinem lieben alten Freund – vorbei. Er hatte mir einen neuen Stapel Bücher dagelassen.

Ich kaufte mir einen Futon für meine erste eigene Wohnung und trug ihn die Treppe hinauf. Ich lernte meinen ersten festen Freund, meinen Lieblingsfreund, kennen. Von einem Neonlichtglorienschein umgeben schob er im Supermarkt seinen Einkaufswagen vor sich her, in dem lauter Dinge lagen, die auf einen fortgeschrittenen Kochanfänger schließen ließen. Er wischte seinen Einkauf über den Scanner der Selbstbedienungskasse, und die Kasse gab eine Reihe von Bestätigungs- und Verifikationspiepsern von sich, ein kleines Pieps-Scherzo, eine Kennenlernkantilene, ein Morsecode zur Warnung. Wir trugen unsere Einkäufe nebeneinanderher, bis ich irgendwann in seiner und nicht in meiner Wohnung war.

Wieder ein Wochenende bei meiner Mutter, diesmal versuchten wir, ihr ein paar Rentenpunkte zu sichern. Sie bat ihren Arbeitgeber um die Punkte, aber die Punkte standen der Person zu, für die meine Mutter vorübergehend eingesprungen war. Meine Mutter war für einen Wolkenkratzer eingesprungen.

»Meinst du ein Gebäude?«, fragte ich skeptisch.

»Früher dachtest du, ich könnte alles«, sagte sie.

Meine Mutter war für die Person eingesprungen, die die Wolkenkratzerfahrstühle bediente. Ein winziges blitzendes Pünktchen stand ihr wohl zu.

»Ein solcher Punkt wäre der Punkt auf dem i unserer erfolgreichen Zusammenarbeit«, schrieb sie ihrem Arbeitgeber auf mein Anraten. Ihr Schuster hatte ihr ein Paar

Arbeitsschuhe geschustert. Die Schuhe funkelten wie die Skyline, und trotzdem waren die Füße meiner Mutter ramponiert. Die vielen fremden Schuhe, in denen sie nicht stecken wollte, aber musste, wechselten ständig die Größe. Man muss sich mal vorstellen, was das mit den Füßen macht, wenn der Schuh ständig drückt!

Ihr Arbeitgeber schickte ihr einen Brief, in dem die Rentenpunkte aufgelistet waren, die knackfrischen, funkelnden Rentenpunkte, die ihr allerdings erst zu einem Zeitpunkt nach Ende des Arbeitsverhältnisses angerechnet worden wären.

»Nächstes Mal«, sagte er.

»Nächstes Leben«, sagte sie.

Meine Mutter hatte die Hoffnung auf Beständigkeit schon vor langer Zeit aufgegeben.

Als das Flugzeug ihres Pilotenfreunds verschwand, glaubten wir nicht daran. Wir standen auf den Wolkenkratzern, für die meine Mutter eingesprungen war. Wir guckten in den Himmel. Wir suchten nach ihm. Wir waren dankbar für die Weltumrundung, die wir nie gemacht hatten, außer in unserer Vorstellung. Wir waren dankbar dafür, von einer Reise zu träumen, die jede Reise, die wir je machen würden, zweifellos übertraf. Wir waren dankbar für die Erinnerung an seine Flugzeugflügelarme, mit denen er auf stabilem geradlinigem Kurs die Straße vor unserem Haus hinuntergesegelt war.

Ich rief Farren an und sagte ein Bewerbungsgespräch ab. Ich sagte einen Job ab, der darin bestanden hätte, das Dach eines Waldes zu stutzen. Ich sagte meine Vermählung mit der Internationalen Raumstation ab.

Eines Abends ließ ich meine Ledertasche im Zug liegen, und in der Ledertasche lag mein Lederplaner. Futsch.

Ich kaufte einen neuen Terminplaner im Laden für Terminplanerwaren. Das Leder war hart und verhärmt und roch noch viel zu sehr nach Tier.

Ich brach ein Wochenende mit meinen Freunden ab.

Ein Wochenende zu Besuch bei meiner Mutter, es ging ihr so lala. Ich stellte sie ans Fenster, in ein Fleckchen Sonne, und sie neigte sich dem Licht entgegen wie eine Pflanze.

Ein Wochenende zu Besuch bei meiner Mutter, und ich bat sie um Rat. Es ging um meinen neuesten Job und die Frau mit dem Schrank voller Schuhe.

»So viele Schuhe«, sagte sie und war beeindruckt.

»Ich glaube, es hat etwas damit zu tun, dass sie einsam ist.«

»Nichts persönlicher als das«, sagte sie und schlief an die Armlehne der Couch gestützt ein.

Die Anzahl meiner festen Freunde verdoppelte und verdreifachte sich, vielleicht als Antwort auf einen zukünftigen Schmerz, als Vorbereitung auf eine Wunde. Rendezvous in meiner Lieblingsbar, und ich war glücklich. Ich war glücklich und traurig, beides zugleich. Weil ich multitaskingfähig bin. Weil zwei Gefühle dasselbe Gefühl sein können. Weil Herzen und Bäume bluten können.

Ein Wochenende zu Besuch bei meiner Mutter, und es ging ihr sehr schlecht. Das Krankenhauszimmer war proppenvoll. Hände, Beine, Finger, Haare, unendlich viele Poren, unendlich viele Träume, unendliche viele Welten, unendlich viele Schläuche. Der Beatnik war da und war jetzt ein Yuppie. Der Hippie war da und war jetzt ein Hipster. Ich erkannte die vielen Gesichter der festen Freunde unter den betrübten Gesichtern der Gegenwart. Der Straßenverkäufer ging zum Automaten und brachte mir eine eiskalte

Cola mit. Der Bäcker legte mir seine warme Hand auf den Rücken. Ich erinnerte mich, wie ich als Kind auf seinen Schultern gesessen hatte, jetzt waren seine Schultern krumm, und seine Nase reichte mir gerade so übers Kinn.

Der allergrößte Freund war auch zurückgekehrt. Ich erkannte ihn an seiner vertikalen Ausdehnung, kennengelernt hatte ich ihn nie. Er überragte uns alle, schlank und im Anzug, ein Kran in Abendgarderobe, der über das Krankenhausbett schwenkte, um an der Gesundheit meiner Mutter zu arbeiten. Wenn er da war, lachte sie, und ihre Stimme klang stark. Sein Kopf schwebte unter der Zimmerdecke, und seine Hand breitete sich über die Hand meiner Mutter, eine Plane über Nadeln und Schläuchen. Es sah so aus, als wäre sie auf dem Weg der Besserung. Als er aus dem Zimmer ging, stieß er sich den Kopf an der Tür.

Wenn eine Aushilfe vor der Beständigkeit stirbt, ist sie dazu verdammt, bis in alle Ewigkeit die Büroarbeit der Götter zu erledigen. So heißt es.

Ein Wochenende am Grab meiner Mutter, und ich lege mich flach wie Flandern auf den Rücken. Manchmal bringe ich einen Picknickkorb mit. Ich komme immer allein. Manchmal notiere ich mir vorher dieses oder jenes. Damit ich ihr erzählen kann, was passiert ist, was genau und bis ins Letzte, in Abwesenheit ihrer Person.

ARBEIT IM HIMMEL

Die Agentur für flüchtige Aushilfen. Wird schadensbegrenzend aktiv. Verschwundene Aushilfen, vergeigte Gigs. Die AFA hat Vorposten weltweit, besorgt den Papierkram, die Prüfung, den spielenden Aufwasch mysteriöser Fälle, vernachlässigter Verpflichtungen, krimineller Konvolute. Ich stehe am Ende einer Schlange delinquenter Aushilfen und setze mich aufs Förderband. Wir durchlaufen eine Reihe von Verhören und Fragebogen, man nimmt unsere Fingerabdrücke und prüft unsere Vorstrafen, auf dem Förderband passieren wir Durchreichen zur Stempelung von Formularen, Kabinen zur Ausgabe von weiteren Formularen und Einwurfschlitze für die abschließende Hinterlegung der Formulare.

»Hauptagenturansprechpartnerin?«, fragt mich die Sachbearbeiterin.

»Farren«, sage ich.

»Die heißen doch alle Farren! Welche Farren ist Ihre?«

»Farren, Komma, Innenstadt.«

»Innenstadt-Farren. Gut. Familiäre Ansprechpartnerin?«

»Auch Farren?«

»Ansprechpartnerin im Notfall?«

»Ich weiß nicht. Farren wahrscheinlich?«

»Ah ja, so, so.« Die Sachbearbeiterin murmelt einer anderen Sachbearbeiterin etwas zu, dann einmütiges Unisono-Gemurmel. »Und Sie waren bei einem Kunden beschäftigt, der ... Carl heißt?«

»So ist es.«

»Ach Gottchen, ist der nicht zum Verlieben?«

»Wahrscheinlich schon.«

»Na, aber er ist doch wohl richtig zum Verlieben, oder? Von wegen *Seelenverwandtschaft* und so!«

»Kann sein. Kann schon sein, dass ich ihn so richtig geliebt habe.« Es schmerzt mich, darüber nachzudenken, aber es muss darüber nachgedacht werden. Die Frage ist Teil des Fragebogens.

»Aber nicht *zu* sehr, oder? Also das war doch wohl so eine richtige Null-sexy-Seelenverwandtschaftsliebe. Also, er war doch Ihr seelenverwandter Arbeitgeber, oder?«

»Ach, so was gibt's auch?«

»Na so was! Sie sind ja lustig!« Die Sachbearbeiterin prustet vor Lachen. »Jedenfalls. Jeh. Dähn. Falz. Super Boss, dieser Carl. Man hört nur Gutes! Eine riesige Schande, das mit dem Gefängnis, oder?«, fragt die Sachbearbeiterin und neigt verschwörerisch den Kopf.

»Und wie!« Ich sehe mich um und wundere mich. Stecken die anderen Aushilfen genauso in der Klemme wie ich? Vielleicht klemmt es bei denen ja noch mehr.

Wir plumpsen vom Förderband in ein Wartezimmer, wir sitzen da und zermartern uns den Kopf darüber, wo wir demnächst arbeiten werden.

»Aushilfe Numero zwo! Numero Zwo, bitte treten Sie vor und nehmen Sie Ihre Stelle entgegen!«

»Aushilfe Numero vierzehn! Oh, Entschuldigung. Aushilfe Numero fünfzehn, bitte treten Sie vor und bringen Sie Ihr Strafmandat mit!«

»Die wollen uns unsichtbar und reumütig machen«, näselt Aushilfe vierzehn leise. Dann setzt sie sich wieder, das Mandat in der Hand.

»Gibt es auch erstrebenswerte Aushilfsjobs für flüchtige Aushilfen?«, frage ich.

»I wo!«, sagt sie, tuschelt mit ein paar anderen Frauen und verteilt Kaugummistreifen wie Asse und Damen. »Aber sie sind eine notwendige Etappe auf dem Weg zurück in Richtung Beständigkeit. Ich werde schon zum dritten Mal von der AFA vermittelt.«

Die Aushilfe ist doppelt so alt wie ich. Sie hat die Füße auf einen Stuhl gelegt, massiert sich die Knöchel und verflucht das ganze System. So lange, wie sie das hier schon macht, müsste sie längst angekommen sein. »Kann man als Frau eigentlich auch mal Pause machen?«, fragt sie. Keiner antwortet. Sie erwartet aber eine Antwort, ihre Frage war nicht rhetorisch gemeint. Wir kauen unsere Kaugummis und schauen weg. Noch lange, nachdem meine Numero aufgerufen wurde, stelle ich mir vor, dass sie im Wartezimmer sitzt.

Am vorgesehenen Ort melde ich mich zur Arbeit. Ein Luftschiff holt mich ab, groß wie der Mond hängt es im Himmel und lässt eine Leiter herunter.

»Na los, komm schon rauf!«, ruft mir eine Lautsprecherstimme zu.

Ich klettere die Strickleiter hoch und trete meine Stellung in den Wolken an.

Die Aushilfen an Bord des Luftschiffs müssen Knöpfe drücken. Die Aufseherin sagt uns, wann, wo und wie wir welchen Knopf drücken sollen, aber sie sagt nicht, warum. Ich bin noch in der Einarbeitungsphase, also beobachte ich alles ganz genau.

»Drücken Sie den vierten Knopf von links«, sagt sie. »Drücken Sie denselben Knopf anschließend zweimal hintereinander, danach drücken Sie den Knopf ein drittes Mal, diesmal aber zwanzig Sekunden lang. Auf drei!«

Wenn wir mit Knöpfedrücken fertig sind, gibt es Essen, danach schlafen wir auf unseren Feldbetten, gleiten durch Galaxien voller Vögel und Sterne. Der Ort leuchtet mir ein: so versteckt wie nur menschenmöglich, und während die Behörden auf der Lauer liegen, fliegen wir über ihre Köpfe hinweg.

An meinem ersten Einarbeitungstag erkenne ich den Mann am Ende der langen Reihe aus Aushilfen wieder.

»Seepocke Toby?«

»Na so was! Du hier!« Er nimmt mich unerwartet und fest in den Arm und boxt mir gegen die Schulter. »Kannst mich Harold nennen. Bin ja keine Seepocke mehr.«

»Harold«, sage ich, »was machst du denn hier?«

»Die haben mich an Land gesetzt, weil ich den emotionalen pH-Wert meiner Meereszone verändert habe. Meine Gefühle haben der Aquafauna um mich herum den Garaus gemacht. Auf Menschen habe ich diesen Effekt sowieso, aber auf Garnelen wohl auch.« Harold reicht mir eine Tasse und gießt Kaffee ein. »Die AFA hat mich vor ungefähr einem Monat hierhergeschickt.«

»Es tut so gut, ein vertrautes Gesicht zu sehen«, sage ich und bin überrascht, dass ich ihn ohne die Krabben, Krusten und Algen überhaupt wiedererkenne. Ich bin auch überrascht, dass er mich wiedererkennt.

»Mensch, dito, du! Und was bringt dich an diesen erlesenen Schauplatz?«

»Ach, nichts weiter, nur so eine vermasselte Mordgeschichte.«

»Ach so, ach so, ach so. Na ja, also, du passt hier super rein.«

»Was meinst du damit?«

Die Aufseherin kommt und Harold sagt nichts mehr. Er wartet, bis sie wieder außer Hörweite ist. »Ach so … Du weißt nicht, wofür die Knöpfe da sind, oder?«, fragt er.

»Nein, ich dachte, das weiß keiner.« Ehrlich gesagt habe ich schon angefangen, mich zu fragen, ob die Knöpfe überhaupt eine Funktion haben. Es wäre nicht das erste Mal, dass ich einer Arbeit nachgehe, die keinen Unterschied macht.

Harold kommt ganz nah, sein Mund berührt fast mein Ohr. »Bomben«, flüstert er. »Vulgo: Bomben abwerfen.«

Jede einzelne Knopfbetätigungssequenz führt zum Abwurf einer Bombe auf ein bestimmtes Gebiet. Die Sequenzen werden von den Luftschiffbesitzern geprüft und festgelegt. Harold glaubt, dass es sich bei den Besitzern um ein Konglomerat alliierter Staaten oder einen bösartigen Milliardär, einen Erzschurken oder einen Immobilienmogul handelt, der seine Besitztümer bombardiert, um bei den Versicherungen abzusahnen.

Harold sagt, wenn die Aufseherin die Knöpfe nicht berührt, wirft sie die Bomben streng genommen auch nicht ab. Und wenn die Aufseherin die Bomben nicht abwirft, dann werfen auch die Luftschiffbesitzer die Bomben nicht ab. Und weil flüchtige Aushilfen ungreifbar sind und nicht haftbar gemacht werden können, gibt es uns streng genommen auch nicht, jedenfalls nicht in den Augen des Gesetzes. Und wenn niemand die Bomben abwirft, kann auch niemand für die Bombenabwürfe verantwortlich gemacht werden, kann niemand angeklagt werden, kann niemand gehängt werden, dann ist es vielleicht so, als hätte niemand Geringeres als der große weite Himmel selbst die Bomben abgeworfen.

Harold liegt auf seinem Feldbett und fängt an zu philosophieren. »Weißt du, was sie einem über das Seepockendasein verschweigen?«, fragt er ungefragt.

»Was denn?«

»Was sie einem verschweigen, ist die Tatsache, dass man nie aufhört, sich wie eine Seepocke zu fühlen, wenn man mal eine war, nicht wirklich jedenfalls. Klar, man kann wieder gehen und rennen und springen. Man kann seine Aushilfskollegen umarmen und Kaffee ausschenken. Man kann einen Zeppelin besteigen. Und sogar der Pimmel schrumpft wieder auf seine normale, durch und durch durchschnittliche Größe zusammen. Aber das Salzwasser bleibt in deinen Adern. Das geht nicht mehr weg.«

Ich frage mich, ob das Salzwasser auch noch in meinen Adern ist. Wenn ich mich anstrengen würde, könnte ich dann wieder das Meer in mir spüren? Bin ich noch immer eine Piratin, tief in mir drin? Bin ich noch immer eine Schaufensterpuppe? Bin ich noch immer ein kleines Mädchen, das so tut, als wäre es ein Gespenst? Zum Glück sitze ich, denn die Gefühle überrollen mich wie ein gewaltiger Brecher, und für einen kurzen Moment verliere ich das Gleichgewicht und kann nicht mehr atmen. Dann fällt mir ein, was Harold über seine Gefühle erzählt hat, wie sie den pH-Wert verändern, wie sie expandieren, infiltrieren. Wehtun.

Am nächsten Morgen weigert sich eine unserer Kolleginnen, Knöpfe zu drücken.

»Sie weigern sich? Was soll das heißen?«, fragt die Aufseherin.

»Das heißt, dass ich mich weigere«, wiederholt die Aushilfe.

»Weigern? Wie das?«

»Ich weigere mich eisern.«

Harold sieht mich an, sein Mund macht *oh-oh*.

»Eisern?«, wiederholt die Aufseherin mit hervortretenden Augen.

»Im äußersten Fall weigere ich mich eisern. Im günstigsten Fall weigere ich mich energisch. Energisch wie ein anachronistisch aufgezwirbelter Schnurrbart.«

»Auf welcher Grundlage?«

»Grundlagen welcher Art und wo?«

»Auf welcher Grundlage weigern Sie sich energisch wie ein anachronistisch aufgezwirbelter Schnurrbart?«

»Auf keiner Grundlage, auf Wolken.«

»Wolken welcher Art?«

»Wolken der Moral«, sagt unsere Kollegin. »Ich weigere mich auf Wolken der Moral.«

»Das ist doch grotesk!«, sagt die Aufseherin. Sie tigert durch das Luftschiff, die Arme hinter dem Rücken verschränkt. »So was hab ich ja noch nie gehört – Moral!«

»Einmal ist immer das erste Mal.«

»Sind Sie sich der Konsequenzen Ihrer Gehorsamsverweigerung bewusst?«

»Jawohl«, sagt unsere Kollegin mit energischer Stimme.

Würde meine Stimme genauso energisch klingen wie ihre? So energisch wie ein anachronistisch aufgezwirbelter Schnurrbart? Noch wurde mir nicht befohlen, auch nur einen einzigen Knopf zu drücken, erst nach Ende meiner Einarbeitung wird es so weit sein. Was werden die Knöpfe wohl in mir auslösen?

»Schön und gut«, sagt die Aufseherin. Sie öffnet eine Klappe und verklappt unsere Kollegin in die Wolken der Moral. »Der ganze Morgen für die Katz!«, sagt sie und wischt sich die Hände ab, schüttelt den Kopf und geht aus dem Büro. Sie dreht sich ein letztes Mal um: »Harold, übernehmen Sie die Knöpfe?«

Harold nickt und lässt sich in den Stuhl sinken. Mittels einer komplexen Knopfkombination wirft er eine Bombe ab, wer weiß auf welchen Ort, auf welches Ziel oder auf wen.

»Guckt nicht so!«, sagt er, dabei guckt gar keiner. Wir gucken alle zur Klappe, die jetzt wieder zu ist, und staunen darüber, was die Klappe alles so kann.

Ich denke an die gefallene Aushilfe, die jetzt wie eine Bombe zu Boden rast, und das bringt mich auf die Idee einer Idee, die sich wie im Fluge zu einem Luftschiff von einem Plan aufbläst, der jederzeit platzen könnte, wenn ich nicht aufpasse.

Meine Halskette wird plötzlich ganz heiß.

»Dicke Luft, hm?«, sagt der Vorstandsvorsitzende, der mit einer Handvoll Pistazien auf meinem Feldbett sitzt.

»Wie immer«, sage ich und freue mich über das vertraute Gesicht.

»Hätte nie gedacht, dass ich's mal in den Himmel schaffe, aber hier bin ich ja wohl ziemlich dicht dran!«, sagt er und späht aus dem Zeppelinfenster. »Ein Mann von Welt auf Achse? Ein Mann von Welt auf Wolke sieben!«

Ich frage den Vorstandsvorsitzenden: »Wenn Sie auf der Suche nach einer Reihe von Codes wären, sagen wir für den Abwurf von Bomben, wo würden Sie suchen?«

»Wo ich suchen würde?«, fragt er, und zack ist er verschwunden. Es fühlt sich so an, als wäre mir die Antwort auf meine Frage zuerst aus der Kette und dann zu Kopf gestiegen.

Als alle an Bord schlafen, durchwühle ich die Schreibtischschubladen der Aufseherin und finde ihren Lederplaner. Er sieht genauso aus wie meiner. Ist die Aufseherin etwa auch eine Aushilfe? In ihrem Terminplaner stehen Knopfkombinationen für jeden Ort in der Stadt, auf dem Wasser, in der Welt und darüber hinaus. Längen- und Breitengrade für alles, was mir lieb und teuer ist.

Der Trick besteht darin, dass Gefängnis im richtigen Winkel zu treffen, damit weder die Gefangenen noch die Wärter verletzt werden. Wenn ich in der unmittelbaren Umgebung den richtigen Abwurfpunkt anvisiere und nicht das Gefängnis selbst, können sie fliehen. Ein kleines bisschen Freiheit. Für Carl.

Erst Knopf Nummer fünf drücken, dann Knopf Nummer siebzehn gedrückt halten und bis neun zählen, dann dreimal auf Knopf Nummer sechs hämmern.

Der Alarm schrillt schneller los, als es gedauert hat, die Knöpfe zu drücken.

»Was hast du dir dabei gedacht?«, fragt Harold und zieht mich von den Knöpfen weg. »Du weißt doch, was Gehorsamsverweigerern passiert!«

»Gehorsam führt nicht zu Beständigkeit, Harold.« Sobald ich den Satz ausgesprochen habe, weiß ich, dass er wahr ist. Mir steigt ein Kloß in den Hals, ich werde von Gefühlen überwältigt. »Ich will, dass meine Füße für immer auf festem Boden stehen. Ich will eine ganz gewöhnliche Menschenperson sein und irgendwo dazugehören. Wie soll ich denn jemals entfristet werden, wenn ich die moralischen Wolken nicht hinter mir lasse?«

Harold lächelt. »Das ist die Seepocke, die ich mal kannte«, sagt er, dabei ich habe ich nicht den blassesten Schimmer, was für eine Seepocke ich war oder was für eine Seepocke ich geworden wäre. Was weiß er denn von mir? Was weiß denn überhaupt irgendwer? Das ist doch die Frage.

»Sie!«, sagt die Aufseherin und kommt auf uns zu gerannt. »Was haben Sie sich dabei gedacht?«

»Ich habe zu Ende gedacht.«

»Wer hat gesagt, dass Sie zu Ende denken dürfen?«

»Niemand.«

»Niemand? Wer ist das?«

»Keiner ist niemand. Auch nicht Sie.«

»Genau«, sagt sie und schäumt. »Vom Denken war keine Rede. Es war von überhaupt nichts die Rede. Wie konnte das passieren? Ohne mich! Ohne *mich*!«, schreit die Aufseherin.

Die anderen flüchtigen Aushilfen sitzen stumm an ihren Knopfpulten.

»Sie glauben wohl, Sie können einfach ein paar alte Knöpfe drücken!« Sie schlägt zur Demonstration mit der flachen Hand auf mehrere Knöpfe gleichzeitig und wirft flächendeckend Bomben ab.

»Muss das unbedingt sein?«, fragt Harold kaum hörbar.

»Oh und wie! Und wie! Ich will recht behalten!«

Die Aufseherin vergisst sich. Sie schiebt Harold aus dem Weg und kommt direkt auf mich zu.

»Danke für alles«, sage ich, »aber es ist jetzt an der Zeit, zu kündigen.«

Ich öffne die Klappe.

Ich rufe mir die Planke in Erinnerung.

Ich rufe mir in Erinnerung, wie man richtig fällt, und springe.

Eine Wolke nach der anderen rast auf mich zu und entfernt sich wieder, als wäre, während ich mich nicht von der Stelle rühre, der Himmel in Bewegung. Immer schneller falle ich durch die Luft, immer schneller rast die Welt auf mich zu, jagt mir entgegen, tödlich wie Beton.

Wie klug vom Vorstandsvorsitzenden, mir einen Fallschirm vorzuschlagen. Im richtigen Moment ziehe ich die Leine, und der Fallschirm öffnet sich.

Jetzt gleite ich getragen vom Wind gemütlich dahin. In der Ferne – Trümmer über Trümmer. Da drüben, die Mörderhütte – weg. Und da, die Bank – in Stücke gesprengt. Und dort, der Tresor, der von hier aus so winzig aussieht wie ein Spielzeug – offen. Ich erspähe, wie Laurette, maskiert und im Miniaturformat, Säcke voller Geld in noch größere Säcke stopft.

»Laurette!«, rufe ich.

Vielleicht ist es die Höhe, vielleicht ist es der Sauerstoffmangel, aber Laurette sieht mich auch und winkt mir zu. »Oh, Schätzchen! Wo geht's denn jetzt hin für dich?«, ruft sie zurück.

»Das kann ich nie wissen!«, rufe ich.

Laurette nickt schwungvoll. Ich bin jetzt doppelt flüchtig, ich bin jetzt ein Flüchtling zweiten Grades. »Glück sei dir beschieden, bis in alle Ewigkeit!«, ruft sie, und ihr ganzer Arm winkt, von der Schulter bis in die Fingerspitzen.

Ich gleite neben himmelhohen Häusern zu Boden. Hinter den Fenstern stehen Menschen, die aus Fenstern sehen, die mich ansehen, mich und die Vernichtung der Stadt. Hinter den Fenstern, anderen Fenstern, sehe ich mit Büropflanzen und Ledermöbeln flankierte Bürotüren. Sitzungssaal, Sitzungssaal, Sitzungssaal.

Da drüben, das Gefängnis – Volltreffer. Die Gefängnistore stehen offen, die Gefangenen fliehen, wieseln in den Wald und über die Brücke in die Stadt. Ich sehe Carls Kumpel, der auf die Hügel zu hetzt. Ich sehe Carl, der vor dem zerbombten Zaun steht, seine Augen gehen ihm bestimmt über vor Anerkennung, aber aus dieser Höhe kann ich es nicht genau erkennen.

»Hey, Kumpel!«, rufe ich in Carls Richtung.

Keine Antwort. Führe ich Selbstgespräche? Ich bin noch immer schrecklich weit oben. »Hey, Kumpel!«, rufe ich noch einmal.

»Du bist nicht mein Kumpel!«, ruft er zurück. »Mein Kumpel bist du nicht!«

»Carl! Das hier hab ich für dich getan! Das war ein einsamer Akt der Liebe!«

»Einsamkeit? Was weißt du schon von Einsamkeit? Du hast mich doch hier in Einsamkeitshaft verrotten lassen!«

Je näher mich der Fallschirm zu Carl bringt, desto weiter scheint Carl sich zu entfernen. Ich kann nicht anders, ich bin wütend auf ihn und darüber, wie er mir für meine harte Arbeit, meine Hingabe, dankt. Ich bin entsetzt darüber, dass ich mehr erwartet habe, mehr als das, was mir versprochen wurde, mehr als etwas Kurzfristiges. Wie dumm ich mir vorkomme, überhaupt irgendetwas erwartet zu haben.

»Die Zeit lässt sich besser totschlagen«, sage ich, »wenn man den Vorschlaghammer zusammen schwingt – aus den Knien, nicht aus den Schultern!«

Carl sieht mich noch einmal an und läuft dann mit den anderen Gefangenen weg. Einmal dreht er sich noch um.

Ich sehe, wie sie voranpreschen, weiter durch die Stadt, Flüchtige, wie wir alle.

Mein Fallschirm schwebt über einem Loch in der Erde, der Bombenkrater vielleicht, mein Herz wird immer schwerer und lässt mich immer schneller sinken, hoffentlich bis zum Mittelpunkt der Erde. Über mir welkt die Blüte des Fallschirms, schließt mich ein in dem Loch, aus dem ein Tunnel führt.

Ich krabble wie ein Nager, die Ellenbogen verschlammt. Der Tunnel wird breit und schmal und breit und eng und weitet sich wieder, Lichterketten erscheinen und beleuchten den Weg.

Ich krieche weiter.

Ich habe mich von einer Wolkenbewohnerin in eine unterirdische Kreatur verwandelt.

Der Tunnel ist weich und nass. Der Brei der Erde dringt mir unter die Nägel. Verwandeln sich Nägel in Krallen, wenn Erde darunter klebt? Ein felsiger Abschnitt, der Tunnel biegt nach rechts, der Schlamm fühlt sich jetzt anders an, meine Knie tauchen in Jauchepfützen, unter meinen

Knien strudelt ölige, faserige Grütze, unermesslich Höhlen, Spuren von anderen Knien, Spuren von Krallen, ein anderer Geruch, nein, Gestank, und dann geht es mir auf, natürlich, das hier ist ein Umweg, ein falscher Tunnel, ein Tunnel in einem Handgelenk, ein Körpertunnel, nicht der richtige Tunnel jedenfalls, wahrscheinlich eine Sackgasse, was mache ich nur, wie geht es weiter, wie soll ich überleben, vor allem, wenn das Licht ausgeht?

Das Licht geht aus.

Die Dunkelheit ist vollkommen, ich bin ruhig, vielleicht sogar glücklich. Ich empfinde ein schwebendes Glück über diese Welt ohne Mauern, ohne Körper, ohne Tage, ohne Weltlichkeit. Ich spüre mein Gesicht und weiß nicht, in welchem räumlichen Verhältnis es zur Sonne steht. Die fehlende Perspektive lässt mich hoffen. Ich bin ein ungekeimter Samen. Ich glaube, ich habe sogar ein Lächeln auf den Lippen. Ich glaube, ich schlafe sogar.

Die Zeit schreitet voran und bleibt stehen. Die Dunkelheit terminiert eine Illusion des Voranschreitens, des Stehenbleibens, vielleicht rückwärts, vielleicht vorwärts, Stechkarten ausstanzen, Stechkarten entstanzen. Meine neueste Qualifikation besteht darin, durch die Zeit zu reisen, durch ein matschiges dreckiges Wurmloch, meine stumme, unterirdische, verwurmte Gesellschaft.

Ich glaube, ich schlafe sogar, dann geht es ein Stück weiter, und dann schlafe ich wieder ein bisschen.

Minuten, Monate vielleicht.

Eine Hand, über meinem Kopf oder unter meinem Kopf, greift nach meinem Kragen, reißt daran, bis meine Knie parieren, meine verkrampften Gelenke sich lösen, bis ich begreife, dass ich im Stande bin, aufrecht zu stehen. Eine Erleuchtung. Ich schüttle das Tier ab, zu dem ich geworden bin, rolle meine Wirbelsäule aus, bis ich aufrecht gehe, mit kleinen, schlurfenden Schritten. Die Hand renkt meine Schultern ein, hebt meine Hände an die Leitersprossen, und mit ein bisschen Hilfe, beinah auf sicheren Beinen, hebe ich meinen Fuß, recke ich mein Kinn. Steige ich in die Höhle der Hexe.

FLEISSARBEIT

»Hexe, na ja, nicht per se«, sagt sie. »›Chefin vom Flug-blattdienst‹ ist mir lieber.«

Sie gibt mir ihre Visitenkarte und sagt dann: »Hier, noch eine, nimm.«

Für eine Chefin vom Dienst wirkt sie ganz schön jung und am Ende mit den Nerven, aber sie lacht gern und viel, und ihre Haare glitzern wie eine wohltätige Spendenwelle.

Sie reicht mir einen Stapel Flugblätter, den ich durch-gehen soll. Es tut weh, sie anzusehen, und wenn man sie berührt, stechen sie einen in die Finger, wie kleine Nadeln, und ich frage mich: Haben sie Zähne? Sind sie verhext?

»Die Flugblätter tun mir weh«, sage ich.

»Und wir tun den Flugblättern weh«, sagt sie und strei-chelt ein Exemplar mit ihrem klobigen knorrigen Daumen. »Wir tun einander weh, und wir brauchen einander.« Ihre Nase ist so schmal und gerade wie ein knöcherner Falz.

»Ich bin auf der Suche nach einer neuen Stelle«, sage ich und bin stinksauer auf mich. Selbst ohne Farren flüchte ich mich von einem Job in den nächsten. Die Beständigkeit macht einen großen Bogen um mich, und ich kann einfach nichts dagegen tun. Wenn sich mir ein Job anbietet, muss ich ihn nehmen.

»Ein paar helfende Hände zusätzlich könnte ich durch-aus gebrauchen«, sagt sie. »Im Moment müssen allerhand Informationen verbreitet werden. Mörder auf freiem Fuß. Bomben im Himmel. Unheilvolle Zeiten!«

Die Höhle ist kalt und klamm, und sie, die Chefin vom Flugblattdienst, ist alleine hier mit den Flugblättern auf ihrem Schreibtisch und den finster und feindselig an den

Wänden vor sich hin modernden Algen, und ich stelle mir vor, dass das gleiche Gewächs in ihren Lungen wuchert. Ich spüre die Einsamkeit, ein Tropfstein, der mir aus dem Gaumen wächst. Sie faltet frische Flugblätter, karfunkelrote und knallgrüne, mit zerstochenen, brennenden Fingern.

»Wo sind wir?«, frage ich.

»Wir befinden uns hier im Korridor für Informationsalchemie.«

Sie führt mich zum Eingang der Höhle und zeigt auf die Straße. Die Straße sieht ganz normal aus.

»Klinkenputzen«, sagt sie. »Damit kennst du dich doch aus, oder? Hier, deine Arbeitsuniform.«

Sie hüllt mich in einen Poncho mit lauter Taschen für die vielen Flugblätter. Sie lächelt.

»Kommen Sie denn an meinem ersten Tag gar nicht mit?«, frage ich, in der Annahme, dass mich jemand einarbeitet.

»Woher denn!«, lacht sie. »Ich kann doch hier nicht weg!«

»Oh, das tut mir leid.«

»Du darfst mich *nie* gehen lassen!«, keucht sie hervor und packt mich am Arm. »Und du darfst erst zurückkommen, wenn alle Flugblätter ein neues Zuhause gefunden haben.«

»Ausnahmslos alle?«

»Es ist von größter Wichtigkeit«, sagt sie, »dass alle Flugblätter ausgetragen werden. Wenn nicht alle Flugblätter ausgetragen werden, passieren schlimme Dinge.«

»Was denn für welche?«

»Ach, nicht der Rede wert!« Und dann ging es auf und davon in meine selbst erworbene Erwerbstätigkeit.

Da bin ich also. Die, die an Türen klopft. Da wäre ich also, die Flugblattausträgerin. Erkennen Sie diesen Mann? Wissen Sie, wie man sich im Überfallsfall verteidigt? Haben Sie etwas gesehen oder gesagt?

»Was auch immer du in Aussicht stellst«, sagt die Chefin vom Flugblattdienst, »was auch immer du sagst, Hauptsache, die Leute nehmen ein Flugblatt.«

Da bin ich also und klopfe an ihrer Tür. Hier bitte, ein Flugblatt, hier bitte, das war's dann auch schon. Die Chefin sagt, ich soll immer »bitte« sagen: »Ein Bitte verzehnfacht die Flugblattübergabewahrscheinlichkeit.«

Bitte, dürfte ich Sie wohl belästigen, dürfte ich wohl einen kurzen Moment Ihrer Zeit, Ihrer sich faltblattartig ineinanderfaltenden und sich verdichtenden Wochen in Anspruch nehmen? Dürfte ich Sie darüber in Kenntnis setzen, worin unsere Arbeit besteht? Dürfte ich Sie über eine Lärmbeschwerde Ihrer Nachbarn in Kenntnis setzen? Dürfte ich Sie über Ihre Zukunft in Kenntnis setzen? Sie werden in Zukunft ein Flugblatt in Händen halten. Dürfte ich aus dem Flugblatt ein Akkordeon falten und Ihnen darauf vorspielen? Dürfte ich einen Fächer falten und Ihren Lidern ein Lüftchen angedeihen lassen? Dürfte ich es in Ihre Tasche stecken, wenn Sie nicht aufpassen, damit es sich in der Waschmaschine in körnigen Mulch auflöst und Sie es im Anschluss rekonstruieren müssen, mit einer Pinzette? Möchten Sie Kekse kaufen? Möchten wir nicht alle Kekse kaufen?

Wie viele Personen leben in Ihrem Haushalt? Würden Sie unser Anliegen unterstützen? Möchten Sie Zitrusfrüchte kaufen? Möchten Sie unsere Studienergebnisse zur Kenntnis nehmen? Möchten Sie sich die Zahlen vielleicht genauer ansehen? Möchten Sie die Fakten einfach weiter ignorieren? Haben Sie denn gar keinen Standpunkt? Dann setzen Sie sich doch wenigstens mal hin. Darf's ein bisschen Infoprosa sein?

Da bin ich also, da bin ich also, Ihnen zu gefallen, an Ihr Herz zu klopfen, an Ihrem Ärmel zu zupfen, und sagen Sie, der Herr, hätten Sie wohl einen Moment, über Ihre Lebensziele zu sprechen? Die Verfassung der Wirtschaft? Den Angriff auf die Verfassung dieses Landes durch die Region, die sich abspalten will? Die Spaltprodukte der Kernfusion? Die Feuerpause und die Waldbrände und die brandneue Geschmacksrichtung dieser über offenem Feuer gerösteten Minibrezeln? Die Exegese der Schlagzeilen auf der Titelseite von heute? So wird die Welt zu Ende gehen, Schrägstrich, so nahm die Welt ihren Anfang, Schrägstrich, was für eine Welt ist das überhaupt, Schrägstrich, und diese ganz bestimmte Mannschaft, die diesen ganz bestimmten Mannschaftssport spielt, was ist mit der? Und was ist mit der Umwelt? Der Wirtschaft? Dem Bidet? Apropos, dürfte ich mal austreten? Und haben Sie noch irgendeinen Hoffnungsschimmer?

Würden Sie mir ein paar museumsreife Spielzeuge auflisten, mit denen Sie als Kind gespielt haben? Eine Liste der Lollis erstellen, die Sie als Kind gelutscht haben? Die Geschichte Ihres inneren Kindes? Die Geschichte vom Kind und dem Bade? Die Geschichte vom Babyotter und der Babygiraffe und ihrer ungewöhnlichen Freundschaft?

»Könnten Sie sich die Geschichten vielleicht einfach sparen und mir das Flugblatt geben?«, sagt ein Mann. Ich gebe es ihm, und er legt es auf einen Stapel mit Flugblättern von anderen Firmen, der auf dem praktischen Flugblatttisch im Eingangsbereich seines Hauses liegt, ein kleiner Schrein für die geheimnisvolle Anhäufung lebensbegleitender Druckerzeugnisse.

»Für Flugblätter«, sagt er und zeigt auf den kleinen Tisch. »Für Altpapier.« Er zeigt noch einmal. »Und für sonstige Kleindrucksachen des Alltags.«

Ich stehe an einer Straßenecke und verteile Flugblätter, verströme einen stetigen Papierstrom, die Reflexe in den Augen der Fußgänger, ihr unwillkürliches Greifen und Umfassen im Vorbeigehen, ihre von Flugblattausschlägen geröteten Hände, und dann, von oben, die Vogel-und-Luftschiff-Perspektive, auf die sich in den Straßen der Stadt verteilenden und verwehenden Flugblätter, das nadelige, die Stadt in Staunen stechende Konfetti.

Ganz ohne Flugblätter kehre ich in die Höhle zurück.

»Ich bin beeindruckt«, sagt die Chefin und gießt mir einen Drink ein: »Cocktails!«

Ihre Wangen sind Seen voller Sommersprossen und Lachfältchen, und sie bezahlt mich in richtig fetten Kröten, die sie in platzsparende Mäuse verwandelt.

»Wir möchten dir auch die Möglichkeit geben, einen Teil deines Verdiensts für die Produktion weiterer Flugblätter zu spenden.«

Den Wunsch erfülle ich ihr.

Am nächsten Morgen noch mehr Flugblätter, und wieder erinnert mich die Chefin daran, bloß kein Exemplar zu vergessen. »Wir dürfen nicht riskieren, dass auch nur ein einziges herrenloses Flugblatt seinen Weg zurück in die Höhle findet.«

Dann geht es von Tür zu Tür und über den Gehweg und um den Block und durch die Stadt mit meinem Poncho voller Flugblätter. Nieselregen seziert den Tag. Und immer weiter, vorbei an Sackgassen und Einbahnstraßen, durch die Verkehrsadern der Stadt, vorbei an den Eckladen-Ligamenten, die das Skelett der Straßen zusammenhalten. Ein Flugblatt für den Besitzer der Panini-Manufaktur.

Kann ich Sie für ein Flugblatt interessieren, das Ihre Rechte betrifft? Kann ich Sie für ein Flugblatt interessieren, das meine Rechte betrifft? Das Beschränkungen betrifft? Verrenkungen? Anweisungen? Kann ich Ihnen ein Flugblatt mit Fotografien Ihres Körpers anbieten, damit Sie etwas über Ihren Körper lernen, eine Gebrauchsanweisung für die Funktionen Ihres Körpers, aus der Perspektive einer anderen Person?

Bitte sehr, die Dame, ein Flugblatt für Sie. Nehmen Sie es an die Hand, tragen Sie es über die Türschwelle, räumen Sie es weg. Vergessen Sie es und erinnern Sie sich wieder daran und suchen Sie es ein Jahr später in der Mappe mit den Take-away-Prospekten und To-do-Listen. Lesen und berühren Sie es nur mit allergrößter Mühe. »Au«, werden Sie sagen. »Für so was hab ich keine Zeit!«, werden Sie sagen. »Wie das wehtut! Ich kann's gar nicht sagen!«, werden Sie sagen. Legen Sie das Flugblatt wieder in die Mappe zurück, beschriften Sie die Mappe, *wichtig*, räumen Sie die Mappe wieder weg und wiederholen Sie diesen Vorgang jedes Jahr aufs Neue, nach jeder neuen Frisur, jedem neuen Haus, jeder neuen Hochzeit, jeder neuen Frisur, jedem neuen Auto, jeder neuen Hochzeit, bis das Flugblatt ganz weichgebügelt ist von der Fülle der Flugblätter, die darauf liegen, und von der Fülle so gut wie erfüllter Aufgaben, in einer Kiste mit Unterlagen, die sortiert werden müssen, einer Kiste mit Unterlagen, die in den Reißwolf müssen. Stecken Sie das Flugblatt schließlich in den Reißwolf, denn wegwerfen können Sie es nicht, im Leben nicht, niemals, weil Sie nur nutzlose Dinge nicht wegwerfen können. Sie wissen zwar nicht, worin der Flugblattnutzen besteht, trotzdem wissen Sie, dass das Flugblatt nützlich ist. Dass es wichtig ist. Es hat Ihr Leben bearbeitet, es hat stumm seine heilige Arbeit verrichtet, ein von einem besessenen Flugblatt geführtes Leben. Und obwohl Sie nicht wissen, warum, wissen Sie, dass Sie die Existenz dieses Zettels verändert hat, dieses schmerzenden, ins Fleisch stechenden Zettels, der keinen Nutzen hat, außer Sie an etwas zu erinnern (was?), an einen Ort (welchen?), an Ihren ersten Ehemann, der an dem Tag, an dem Ihnen das Flugblatt zum ersten Mal in die Hände fiel, auf der Veranda saß. Ein Zettel, der keinen Nutzen hat, außer Sie immer wieder daran zu erinnern, dass Sie ihn wahrscheinlich brauchen werden, wahrscheinlich einlösen werden und sich selbst im Gegenzug vielleicht erlösen werden.

»Könnte ich zwei bekommen?«, fragt die Frau.

»Nein«, sage ich.

Ich komme ganz ohne Flugblätter in die Höhle zurück, die Finger voller Quaddeln.

»Gut gemacht!«, sagt die Chefin vom Flugblattdienst.

Es gibt Dinge, die man weder gut noch schlecht machen kann. Die man nur machen oder rückgängig machen kann. Für Jobs, die einen nur beschäftigen, gibt es keine Erfolgsmaßstäbe, deswegen ignoriere ich ihr leeres Lob.

Sie fragt: »Wärst du für eine Nachtschicht zu haben?«

»Klar«, sage ich und marschiere die Straße rauf und runter, verteile Flugblätter, auf denen Carls Konterfei prangt, die satte Tinte ist noch ganz feucht. »Flüchtig« steht darauf.

Ich komme mit leeren Poncho-Taschen meine Flugblattverteilmelodie pfeifend in die Höhle zurück. Die Chefin weint, die Höhle schluckt ihre Schluchzer und spuckt sie als Donnergrollen wieder aus. In bestimmten Formen des Lichts erinnern ihre gewellten Haare an die Schuppen eines Reptils.

»Gott sei Dank bist du wieder da!«, sagt sie, das Grollen lässt nach, und als sich ihre Locken wie ein Wasserfall über ihre Schultern ergießen, sind die Schuppen verschwunden.

»Meine Flugblättchen, meine armen Flugblättchen«, sagt sie, »so ganz allein da draußen in der Welt!«

»Aber da gehören sie doch hin, oder?«

»Der Redaktion ist ein Fehler unterlaufen!«, sagt sie. »Wir haben das falsche Flugblatt gedruckt! In der falschen Farbe! Mit der falschen Schrift! Und dann auch noch mit Tippfehlern!«

»Ach so«, sage ich und hänge meinen Poncho neben dem Höhleneingang auf.

»Du musst alle Flugblätter finden und zurückbringen, alle.«

»Also einfach wieder einsammeln?«

»Ja, einsammeln«, hustet sie und wischt sich die Nase. »Und nicht vergessen, auch in diesem Fall gilt: Wenn auch nur ein einziges Flugblatt fehlt, passieren schlimme Dinge. Oh meine armen Flugblättchen!«

Meine Schultern zucken in den Poncho, dann drehe ich mich um und gehe denselben Weg noch einmal, nur rückwärts. Könnten Sie mir bitte das Flugblatt zurückgeben? Dürfte ich das Flugblatt bitte zurück in meine Höhle bringen? Manchmal habe ich sogar Glück. Eine Frau hat ihr Flugblatt schon entsorgt, ich finde es zerknüllt im Altpapierbehälter neben der Haustür.

Ein Mann findet das Flugblatt unter seiner Fußmatte. »Aua«, sagt er und wirft es mir in die Hände wie etwas höllisch Heißes.

Eine Frau benutzt ihr Flugblatt als Badewannenfaltboot. »Aua«, sagt sie und pfeffert es mir ins Gesicht wie etwas Eiskaltes.

»Hier«, sagt die Familie, die in einer kollektiven Kraftanstrengung einen Magneten von der Kühlschranktür stemmen muss, und steckt das Flugblatt in meine offene Poncho-Tasche.

Wenn ich Flugblätter austrage, um mich anschließend wieder in den Besitz der Flugblätter zu bringen, ist dann der ganze Vorgang geixt? Was macht man mit einer Korrektur, die so raffiniert ist, dass man gleich mitgeixt wird? Ich beschließe, etwas zurückzulassen in der Welt, ein paar uneingesammelte, unaufgefundene Flugblätter. Ich weiß, dass ich vor dieser Herangehensweise gewarnt wurde, aber mir ist die Arbeit des Machens und Rückgängigmachens zuwider. Denn was bitte schön macht diese Arbeit am Ende aus mir?

Mit proppenvollen Poncho-Taschen komme ich in die Höhle zurück. Alle Flugblätter sind es nicht, aber viele. Die Chefin vom Flugblattdienst steht vor der verschimmelten Wand und hört mich nicht kommen, sie sieht mich auch nicht. Aber ich kann sie sehen, klar und deutlich. Sie hat jetzt einen Schwanz, zerzauste Fleischsträhnen umspielen ihr Gesicht wie Leder. Ihre Lachfalten sind jetzt Grollfalten, abgründige Gräben um ihren Mund, aus dem Flammenwellen rollen. Oder eher etwas Flammen Ähnliches, Flammen Vergleichbares, nicht Flammen Identisches, etwas Glamouröses, Blaues und Heißes, etwas Schimmerndes, Sonderbares und Goldgeflecktes, das aus dem Chefinnenmund hervor- und zu einem frisch gefalteten Flugblattstapel zusammenfließt.

»Ähm?«, gelingt es mir zu sagen.

Sie dreht sich um und zeigt ihr Gesicht, schrumpelig und matschig wie eine Bio-Wurz, wie etwas, das in einen Smoothie gehört, wie etwas – ich sag es ganz offen – Schönes.

»Was?«, brüllt sie los und gibt mir den druckfrischen Flugblattstapel. »Da! Tippfehler korrigiert! In deiner Abwesenheit!«

»Gut. Und ist sonst noch was passiert ... in meiner Abwesenheit?«

Es dauert einen Moment, bis sie ihre Reptilienschuppen bemerkt und den Schwanz, der sich aufwärts- und um ihren Kopf windet, ihre Augen werden ganz groß.

»Ich kann sehen, dass du nicht alle Flugblätter zurückgebracht hast«, sagt sie, und sekündlich wird ihre Stimme tiefer, tückischer.

»Aber die meisten!«

»Ich habe doch gesagt« – sie knurrt, entblößt einen Zahn von der Größe meiner Hand –, »dass dann schlimme Dinge passieren!«

Die Chefin stemmt sich auf die Hufe, auf ihrem Rücken entfalten sich Flügel. Sie fliegt aus der Höhle, hinaus in die Welt. Ich habe sie freigelassen, was nicht meine Aufgabe war.

Ich verstaue meine Flugblätter und hole meine Sachen.

Die Zeit, die jetzt vergeht, vergeht mit Flugblättern. Wenn ich nur genug davon verteile, denke ich, lässt sich meine Dienstherrin vielleicht wieder in ihre Höhle bugsieren. Ich versuche es in einer Straße, in der ich es nie zuvor versucht habe, und verteile in aller Würde meine Flugblätter. Ich biege in die nächste Straße, erliege der Bequemlichkeit der Briefkästen und Briefschlitze, und einmal stecke ich sogar ein Flugblatt unter das Fugenhäutchen einer Glas-rahmentür. Ab und zu drücke ich auf die eine oder andere Klingel, und die Einsamkeit ist gar nicht so schlimm. Ein Knötchen aus Langeweile macht sich in mir bemerkbar, und ich will daran knubbeln. Ich knubble, bis es blutet. Manchmal tönt die Langeweile in meiner Brust wie ein wuchtiger Akkord, wie ein leerer Kalender, so opulent wie frisch gefallener Schnee. Die Flugblattlangeweile befragt meine Erwartungen und tapeziert mein rastloses Leben mit einem einzigen langweiligen Schriftstück, das irgend-einen gefalteten Sinn ergibt.

Mitten auf der Straße stehend spüre ich, dass sie mir bekannt vorkommt, dass eine andere Ausführung meines Selbst auf derselben Stelle steht wie ich. Bin ich hier schon einmal gewesen? Ich trage meine Flugblätter ein Stück-chen weiter, zu einem Haus, einem reizenden Häuschen mit Hortensien vor der Haustür und erleuchteten Fens-tern. Eine Frau mit einer prächtigen goldenen Armband-uhr öffnet mir, ihr Pony wird gehalten von einer winzigen Silberspange.

Anna.

Annas Zuhause: ein stilvolles Baumhaus, in dem es gemütlich riecht. Hochglanzgewienerte Böden. Über dem Kühlschrank blitzt ein Miniaturspiegel. In der Ecke schmiegt sich ein Polstersessel in eine zeltartig aufgeworfene Tapisserie. Vor dem Fenster ein Glockenspiel, das mit hellem Klang die Mathematik der Abendwinde berechnet. Ahnungen von Zitrone, Butter und Honig, köchelnden Flüssigkeiten und schmorendem Wurzelgemüse, erst zugedeckt, dann offen, erst angebräunt, dann knusprig gebräunt, dann versehentlich verbrannt, aus dem Topf gekratzt und durch Rüben, Rettich und, nichts leichter als das, feine Rosenköhlchen ersetzt, zarte, frische, aus dem Kühlschrank geholte. Großmutters Tomaten auf dem Schneidebrett. Großmutters Erbstücke auf dem Kamin. Die ganze Szene schillert, wie gespiegelt im Glanz eines tränenden Augenwinkels. Anna hält mich in ihren Kaschmirarmen und drückt mich fest an die Brust, zieht mich wie mit einem Seilzug in ihr Nest.

»Dieses Haus«, sagt Anna mit weit geöffneten Kaschmirarmen, »ist mein Haus. Ich bin die Besitzerin dieses Hauses.«

Mein Gesicht zittert, und ich kann nichts dagegen tun. Oh Anna – das war es, was ich hatte sagen wollen.

»Möchtest du ein Flugblatt?« – mehr bringe ich nicht über die Lippen.

Sie sieht verwirrt aus.

»Aber ja«, sagt sie höflich.

Sie streckt die Hand aus, aber ich lasse nicht zu, dass sie das Flugblatt berührt, mit ihren cremefarbenen Fingernägelchen und zierlichen Ringlein und der goldenen Uhr, die nach all den Jahren noch immer um ihr Handgelenk passt.

»Hier, bitte schön«, sage ich und lege das Flugblatt in das Körbchen neben der Tür. Sie hat Körbchen in allen möglichen Formen und allen möglichen Größen für jeden erdenklichen Zweck. Sie bemerkt meine schmutzigen gestohlenen Stiefel und will mir zu verstehen geben, dass ich sie ausziehen und in einem Korb verstauen soll. Jetzt, wo ich sie eingelaufen habe, rutschen sie mühelos vom Fuß.

»Darf ich dir ein Tafelwasser bringen?«, fragt Anna. Nichts von dem, womit wir uns früher beschäftigt haben, hat noch irgendeine Bedeutung, aber Wasser trinken wir offenbar beide noch. Wir trinken Wasser, Seite an Seite, unsere Körper voller Flüssigkeit, Blut und Säure und Systemen zur Hydrierung, Koffeinierung, Intoxikation. Ob ich mich setzen will, will Anna wissen. »Gern«, sage ich, und jetzt sind wir zwei Frauen, vormals Mädchen, die sich setzen. Mir fällt auf, dass wir uns nie zuvor unter ein und demselben Dach aufgehalten haben, in ein und demselben Haus, im Inneren eines Hauses, zusammen.

Immer saßen wir auf der Zufahrt, dem Gehweg, der Straße, die mit den Haupt- und Fernstraßen verbunden waren, auf denen wir eines Tages reisen würden.

»Lang ist's her«, sagt Anna.

»Ja?«

»Aber ja! Trotzdem würde ich dich überall erkennen.«

»Ich dich auch.«

»Diese Stirn!«, sagt sie, aber ich weiß nicht, was sie damit sagen will. Sie trinkt kurz einen Schluck, die Stille quält mich. Dann sagt sie: »Machst du hier Urlaub? Besuchst du jemanden, der dir wichtig ist?«

»Ich bin auf der Suche nach einem neuen Job. Und was machst du?«

»Ich wohne hier«, sagt sie und zeigt verwirrt in den Raum. »Schon vergessen?«

»Für deinen aktuellen Aushilfsjob?«

»Nein. Das mit den Aushilfsjobs ist vorbei.«

»Oh.«

»Ich bin von dem Lieferwagen auf einen anderen Lieferwagen und von dort auf einen Bus und dann auf einen Zug gesprungen und durchs ganze Land gefahren, und zurückgekommen bin ich mit der Beständigkeit. Mit einem richtigen Job! Es ist mein *Traumjob*!« Sie stützt das Kinn in die Hand, schließt ganz fest die Augen, eine Prinzessin, der man jeden Wunsch erfüllt.

»Festanstellung?«

»Klar.« Mein Mangel an Begeisterung scheint sie zu enttäuschen. »Weißt schon, ein richtiger Job.« Sie schmettert das Wort *richtig* in hohem Bogen übers Netz.

Ich ziehe meine Füße auf die Couch, oder gehört sich das nicht? Man kann die Löcher in meinen Socken sehen, langsam lasse ich meine Füße wieder auf den Boden sinken.

»Und wie ist es so?«, frage ich und versuche, nicht zu weinen. »Das mit der Beständigkeit, meine ich.«

»Oh, das ist schwer zu beschreiben. Wie ein Nudelholz vielleicht, das einem übers Schienbein rollt? Nein, das trifft es nicht. Wie eine Massagespinne, die einem über den Kopf krabbelt? Nein, das ist es auch nicht. Es ist für jeden anders. Na ja, nicht wirklich.«

»Nicht für jeden«, sage ich, und es fühlt sich so an, als würde ich eine verschlossene Narbe aufnesteln.

»War nicht so gemeint!«, sagt sie. »Mach dir bloß keine Sorgen. Wenn man's merkt, dann merkt man's eben.«

Ich hoffe, sie sagt nicht, was sie gleich sagt, aber sie sagt es.

»Man sollte eben nicht darauf warten.« Sie lächelt.

»Und wo arbeitest du?«, frage ich, weil ich das Thema wechseln will und kaum noch Luft bekomme. »Wo ist deine richtige Arbeit?«

»In einer Bank«, sagt Anna und legt sich eine Kaschmirstola um. Anna ist Kaschmir über Kaschmir.

»Welche denn?«

»Das ist alles sehr kompliziert«, sagt sie. »Aber unter uns: In Wirklichkeit gibt es nur eine Bank. Eine einzige Bank. Die ganzen Raubüberfälle sind nur Mückendreck für die.«

Ich habe Laurette noch genau vor Augen, wie sie schlitzt und schubst und die Safetür schließt, auf dem Boden das Blut.

»Musst du in der Bank auch manchmal putzen?«, frage ich.

»Ach Gott, du bist ja lustig«, sagt Anna und stürzt ihr Wasser wie Wodka. »Ich muss nicht putzen, nie, nicht mal in meinem eigenen Haus.«

»Klar.«

»Na, wir müssen doch gut zu uns sein!«, verkündet Anna. »Vor allem jetzt, bei den vielen Bomben und Flüchtlingen. Die haben auch was von einer wilden Bestie erzählt. Ein Drache oder so? Ja, was *ist* denn dieses Leben?« Sie schüttelt den Kopf und lacht. Ein richtiges, glückliches Lachen.

Ich fange am ganzen Körper zu zittern an, aber bin ich traurig? Ist mir kalt? Bin ich in Sicherheit? Habe ich Angst?

»Du bebst ja wie Espenlaub!«, sagt Anna und wickelt

mich in ihre Kaschmirstola, beziehungsweise in einen fransigen Zipfel davon. Einen Moment lang sitzen wir gemütlich und betreten da, und ich komme nicht dahinter, was Annas schiefer Mund zu bedeuten hat. Als wir noch jung waren, war jede Tür eine Geheimtür. Konnte jede Muschel eine Perle bergen. Konnte hinter jedem Raum noch ein Raum und unter jedem Erdhaufen ein Kadaver liegen. Staunenden Argwohns stromerten wir durch die Welt. Jetzt reißt Anna das ganze Mysterium an sich und wirft es sich um die Schultern wie einen zu großen Pullover. Früher wollten wir ständig Rätsel lösen. Jetzt wollen wir selbst eins sein. Was dazwischenliegt, ist das Älterwerden.

Eine weiche Stimme kommt die Treppe hinuntergerollt, leise, aber guter Dinge. Anna muss sie verstanden haben, denn sie ruft jetzt: »Sekunde, Babe!« Ihre Haltung schlägt um: Schultergezucke, Kopfgerucke.

»Wir wollten uns gerade einen Film angucken«, sagt sie, und erst jetzt fallen sie mir auf, die zwei Gläser und Teller, die zwei Servietten, die zwei Fernbedienungen und zwei weitere Fernbedienungen auf einem Regal und noch eine Fernbedienung in einer Keramikschale.

»So viele Fernbedienungen.«

»Stimmt. Wir vergessen immer, welche wofür ist. Ich kann nicht mal lauter und leiser machen!« Sie zieht die Beine aufs Sofa, dann darf ich das wohl auch. Sie lehnt sich zurück und gähnt ein langes Gähnen, und ich frage mich: Ist Anna langweilig?

»Bleib doch noch«, sagt Anna mit halb geschlossenen Augen und spitzen Lippen. Aber das Wort *noch* hat so viele Os, dass ich sofort weiß, womit ich es zu tun habe. Mit dem Schränkchen im Schrank, der Gelegenheit, mir zu empfehlen, mich zu empfehlen.

»Nein, nein, ich sollte wirklich gehen.«

»Aber willst du uns nicht vielleicht ein bisschen Gesellschaft leisten? Bleib doch *noooooch*. Du bist doch gerade erst gekommen.«

»Den Film habe ich schon gesehen. Auf einer großen Leinwand.« Ich zeige auf den Fernseher. Sie hatten den Film mitten im Vorspann angehalten, ich hatte ihn auf der Retrospektive des Piratenkapitäns gesehen. »Mit Projektor und so«, sage ich.

»Ui! Wie im Open-Air-Kino im Park?«

»Ja, so wie im Open-Air-Kino im Park.«

»Wow. Aber wir können auch einen anderen Film gucken. Welchen du willst. Oder gar keinen. Bleib *noooooch*!«

»Na gut, ja, vielleicht mache ich das.«

Zufrieden kuschelt Anna ihre Kaschmirpulloverärmel erst in eine Kaschmirstrickjacke und dann unter eine Kaschmirdecke. Kaschmir über Kaschmir, ein Kokon aus Kaschmir, täglich weichgespült in Vorbereitung auf die Liebe, die sie empfängt. Dann streckt sie die Arme aus, legt mir ihre Hände auf die Schultern, zwei parallele Linien. Erst denke ich: eine Geste der Zuneigung. Aber je länger ich darüber nachdenke, umso widersprüchlicher kommt sie mir vor, die Schulterbrücke, jemanden festhalten und gleichzeitig auf Abstand halten, die Nähe von jemandem, den man auf dem Kieker hat, und dann zieht sie sich in die Küche zurück, rennt weg wie ein verschrecktes Säugetier, um eine Käseplatte zu holen.

Dann kommt wieder die weiche Stimme die Treppe hinuntergerollt. Ich glaube den Namen »Anna« zu hören oder eine Variation desselben Motivs.

»Ich muss kurz hoch ins Schlafzimmer«, sagt Anna,

einen Käsewürfel auf der Zunge. »Kommst du einen Moment ohne mich zurecht? Dauert auch nicht lang.«

»Aber sicher, Anna«, sage ich.

»Unfassbar, dass du hier bist«, sagt sie, und ich weiß, dass sie es auch so meint. Sie sucht auf der Küchenzeile nach dem Käsemesser. Sie öffnet eine Schublade neben der Spüle, schließt sie wieder, öffnet sie wieder, schließt sie wieder, öffnet, schließt. Sie atmet lang und hörbar aus. »Alte Gewohnheit.« Sie zuckt mit den Achseln und öffnet ein letztes Mal die Schublade. Mit großen Schritten geht sie die Treppe hinauf.

Einen Moment halte ich inne, dann hole ich meine Schuhe und verschwinde. Ein befreites Gespenst.

Das hier ist nichts für mich. Irgendetwas in mir kann von ihrem Haus, ihrem Leben nicht eingehegt werden. Irgendetwas in mir passt sich nicht an und wird sich nicht anpassen. Ich breche durch die Haut wie ein gebrochener Knochen. Vielleicht hat es etwas mit meinen Qualifikationen zu tun, die ermöglichen und verhindern zugleich, vielleicht hat es etwas damit zu tun, dass die Ganzheit meines Lebens in einem fort halbiert und immer wieder qualifiziert wird. Werde ich mich eines Tages fürs Glücklichsein, für die Beständigkeit qualifizieren?

Ich gehe die Straßen entlang, Dämmerungsahnungen breiten sich über die Häuser, ein einzelner Mondstrahl schenkt mir den Weg zurück durch die Stadt.

Das letzte Mal sehe ich Anna im Traum. Sieht man jemanden zum letzten Mal, ist es nie das letzte Mal. Die Lücke, die jemand hinterlässt, speichert die Wärme, die Retina bewahrt das Gesicht. Ich träume, dass ich in einem Park bin und Anna in einem Kaschmiroverall auf mich zuläuft. Sie sieht mir fest in die Augen, aber als sie immer näher kommt, fällt mir auf, dass sie an mir vorbeisieht, durch mich hindurch, über mich hinweg. Und mir fällt auf, dass es gar nicht Anna ist.

»Anna?«

»Anna auch dir!«, sagt sie und geht an mir vorbei.

»Kennt ihr euch?«, fragt der Vorstandsvorsitzende. Sogar im Schlaf wird die Kette auf meiner Haut ganz heiß, und er spaziert neben mir her.

»Nicht mehr«, sage ich, und wir haken uns unter und katapultieren uns trotz schlechter Leitung in eine Telefonkonferenz.

Ich bleibe in der Leitung, mein Lieblingsfreund ist dran, ich stehe ganz hinten in einer Kneipe am anderen Ende der Stadt. Ich denke sehnsüchtig an die Kneipe in der Nähe meiner Wohnung und an die Lieblingsdrinks meiner Freunde, von denen hier keiner auf der Karte steht. Nicht einmal anschreiben lassen kann ich ihnen zu Ehren. Mein Lieblingsfreund verschreibt sich zu dieser Jahreszeit immer ganz seinem Kürbisgewürz, schmeckt Getränke, Kaffee und Habitus damit ab. Eine Ein-Mann-Ernte für die kommende Kälte.

»Ja?«, sagt er. Er klingt ruhig und sehr weit weg.

»Ich bin's«, sage ich.

»Ich?«, fragt er. »Ach so. Hi, du.«

»Alles in Ordnung?«

»Alles in bester Ordnung«, sagt er. »Moment«, der Hörer spuckt allerhand Radau aus, »so, du bist jetzt auf Lautsprecher.«

»Hallo zusammen!«, sage ich, aber mir schlagen nur genervte Stille, Gemurmel und Halbsätze entgegen.

»Sollen wir sie einladen?«, flüstert jemand, vielleicht mein Flaneurfreund, der ständig mit der Frage beschäftigt ist, wie man mir höflich das Herz brechen kann.

»Wäre anständig«, sagt mein Sparfuchsfreund. »Wenn wir uns das leisten können.«

»Und wie soll das Ganze ablaufen?«, fragt sich mein Immobilienfreund gut hörbar.

»Ablaufen? Wir wissen doch noch nicht mal, wo!«, beschwert sich jemand.

»Mich einladen?«, frage ich. »Zu was denn?«

»Zur Hochzeit!«, sagt mein ernster Freund.

Die anderen festen Freunde ächzen. »Mensch, kannst du nicht dichthalten?« – »Sauber, Kumpel!« – »Klar, immer raus damit, ist ja egal!«

»Tut mir leid!«

»Wir heiraten«, sagt mein größter Freund.

»Ihr alle? Heiratet?«

»Nicht gleichzeitig, aber in diesem Leben«, sagt der kulinarische Systemanalytiker. »Und ich bin natürlich für die Torte verantwortlich.«

»Tor-ten! Mehrzahl!«, sagt mein koffeinsüchtiger Freund. »Ganache!«, schwärmt er. »Melange!«

»Verstehe ich nicht.«

»Ich heirate zuerst«, sagt mein agnostischer Freund.

»Und ich in den zwei Jahren danach«, sagt der Versicherungsvertreter. »Das Lebensende wäre mir zu riskant.«

»Lebensmitte!«, ruft mein Freund, der ständig in die Muckibude rennt, und alle johlen und jubeln und jauchzen.

»Ich hab die Scheidung abbekommen«, sagt mein praktischer Freund. »Aber ich kann alles reparieren, sogar Ehen.«

»Aber wen heiratet ihr denn?«

Aus der Tiefe meiner Wohnung (ich weiß, dass sie wie immer in meiner Wohnung sind, an ihrem Treffpunkt, wo sie rumstehen und rumhängen und rumlümmeln), aus der Mitte der in meine Wohnung eingefallenen Freundestruppe kommen Störgeräusche. Nein, Gelächter. Leise Hickser. Prickelnder Sekt? Das Trommelfeuer von Fingernägeln auf einer Tischplatte. Gekicher. Geräusche, die ein Lächeln entfachen.

»Hi, Superstar«, sagt Farren. Ihre Stimme versetzt mir einen Schlag, wirft mich beinah zu Boden.

»Farren?«

»Tu doch nicht so überrascht. Bei uns in der Agentur sagen wir immer: ›Hände, die füttern, beißen.‹ Ach und übrigens«, sagt sie noch, »deine Hauseidechse ist toll!«

»Du bist nicht zurückgekommen«, sagt mein Lieblingsfreund, »also haben wir Farren gebeten, einen Ersatz für dich aufzutreiben.«

»Und sie mussten nicht lange suchen. Das hier ist eine Stelle, für die ich bestens qualifiziert bin!«, sagt Farren und lacht, und ich höre, wie die festen Freunde mitlachen. Reflexartig lache auch ich, so unendlich verstoßen fühle ich mich. Ich huste mir das Lachen angewidert in die Faust. Ich bin so erschüttert, mein Lachen könnte ein Schrei sein. Die festen Freunde sind ein wildes Durcheinander aus Geräuschen, ich kann ihre Stimmen nicht mehr auseinanderhalten.

»Wir werden *Ehemänner* sein!«, jubilieren sie.

»Und vielleicht werden wir *Väter* sein!«

»Und ich werde *du* sein«, sagt Farren. Die gute alte Farren lebt ach so wohl in dieser Welt. Nun denn, mein Herz, leb wohl auch du.

Sie erzählen mir, dass Farren nach reiflicher Überlegung meinen Lebenscoaching-Freund aus der Wohnung geworfen hat. Er hatte Probleme mit den anderen Freunden, so richtige Probleme, Konfrontationen, Kleinstaggressionen, Date-Invasionen, und wie heißt das Sprichwort noch gleich? Wer nicht mit seinen Mitbewohnern auskommt, taugt nicht für die Ehe?

»Farren ist eine brillante Mediatorin«, sagt mein pazifistischer Freund. »Wirklich brillant. Ich glaube, ich bin dabei, richtige Gefühle für sie zu entwickeln. Wirklich. Hätte nie gedacht, dass ich so was fühlen würde, und so schnell.«

»Aber hättet ihr denn nicht wenigstens«, stammle ich, »noch etwas damit warten können?«

»Warten? Auf dich?«, fragt mein Immobilienmaklerfreund.

»Hättet ihr nicht einfach noch ein bisschen warten können?«

»Und wie wir gewartet haben!«, sagt mein größter Freund. »Wir waren ein Wartezimmer voll des Wartens auf dich!«

»Weißt du eigentlich, wie lang du schon weg bist?«, fragt mein Versicherungsmaklerfreund. Er klingt wütend.

»Wir sind dir treu gewesen!«, ruft mein ernster Freund, den ich noch nie wütend erlebt habe, kein einziges Mal. »Wir haben uns nur dreimal aneinandergelöffelt, viermal vielleicht, wenn's hoch kommt!«

Ich stelle mir vor, wie meine Freunde in Rückenlage auf dem Boden im Wohnzimmer liegen, sich auf die Seite drehen und eine lange Reihe aus Löffeln bilden.

»Und überhaupt«, sagt Farren, »was weißt du schon von Treue? Du schmeißt Jobs hin, wie es dir gefällt. Du bist nicht in der Lage, irgendeinen deiner Jobs zu behalten und deine Seele zu erlösen. Du, die du deine Jobs vermasselst, als gäbe es irgendetwas auf dieser unendlichen Welt, das mehr wert ist als ein Tag, an dem man ganze, gründliche, ehrliche Arbeit leistet.«

»Ein einziger Job! Ein einziges Mal!«

»Ach hör doch auf! Ich weiß von den gestohlenen Stiefeln. Ich weiß von dem Luftschiff. Ich weiß sogar von der Hexe. Was glaubst du denn, mit wem du's hier zu tun hast, Mädchen!«

»Farren, wie konntest du mir das antun? Ich verstehe das nicht.«

»Geht es ihr jetzt um Farren oder um uns?«, plärren die erstaunten Freunde.

»Macht euch nichts aus der«, tröstet mein Lieblingsfreund die anderen Freunde. »Schhh!«

Ich höre, wie sie sich trösten, einander die Wunden lecken, an dem Abend, an dem eigentlich gefeiert werden sollte. Ich nun wieder, immer mache ich alles kaputt. Ich nun wieder.

»Manchmal frage ich mich«, sagt mein Lieblingsfreund, »ob sie überhaupt weiß, wie wir alle heißen.«

Dann bricht die Verbindung ab.

Ich lege meine ganzen Ersparnisse hin, für eine Flasche des edelsten Tropfens. »Junggesellenparty!«, sage ich zum Barmann und bringe gleich mehrere Toasts aus, auf die Verlobung, auf die Zukunft, auf die Ehemänner in spe, die Nachmittagsbartschatten, die Mittagssonnenbrände und die Stellen unterm Kinn, in die man seine Nase huscheln kann. Auf die brüchigen und abgekauten Nägel, das Hüftgold, die Goldzähne, die Muskeln und unerschütterlichen Standpunkte, groß genug, unerschüttert darauf mitzustehen. Auf die Vorlieben, die Verlegenheiten, die kleinen Komplexe, die aneinandergeschmiegten müßigen Morgen in wolkigen Federn, und auf die Kissen, die unter den Köpfen hinweg in den galaktischen Raum zwischen Wand und Bett gestürzt sind. Ich denke daran, wie ich sie kennenlernte, in Bars, in Restaurants, beim Joggen und auf Bänken, Gewichte stemmend, die Knöchel verrenkend. Blaue Stunden, schwere Stunden. Konzerte, live und unplugged. Partys auf Dächern, Partys auf Wiesen, Kirschgelage auf dem Land und Hochzeitsfeiern anderer Leute. Speed-Dating, Slow-Dating, Dating ohne Klimbim, Freunde von Freunden von Freunden, *komm, ich stell dich mal vor.* Wie Staffelläufer waren sie in meine Welt getreten und übergaben einander den Stab, mit fliegenden Armen dem Sonntag entgegen, jähe, verschwitzte Sprinter, die nun weiterzogen, immer weiter, auf und dahin.

Meine gestohlenen Stiefel trommeln andachtsvolle Rhythmen. Wenn ich sie meiner ehemaligen Chefin zurückbringe, wird sie nicht mehr versuchen, mich zu kontaktieren. Aber sie soll nicht aufhören damit. Ich will das Wagnis eines Lebens in Quasi-Kontakt. Ich trinke auf die Frau, die mit ihren Schuhen zusammenwohnt. Wahrscheinlich wurde sie eingeladen, die Trauung vorzunehmen.

»Jetzt ist endgültig Schluss«, sagt der Barmann.

»Wem sagst du das.«

Ich bringe einen letzten Toast aus, auf Farren, auf ihre neuen Lieben und meine alten Lieben. Wie sehr ich sie liebe. Wie sehr ich sie vermisse. Ich vermisse sie so richtig. Ich vermisse sie! Sage ich zum Barmann. Auf Boris, Juan, auf Hugo und Claude, auf Riko und Roger und Bob. Auf Paul H. und Paul D. und sogar auf Paul R. Auf Steve und Samir und auch auf Ken, auf David und Goliath, auf Jack und auf Jeff und auf Jerry. Auf alle einen Toast, auf alle, auf jeden, ausnahmslos.

»Die Erste Aushilfe trug einen Fedora«, sagte meine Groß-mutter. »Die Erste Aushilfe hatte nämlich guten Geschmack, weißt du? Und Schwung. Und Mumm. Die Erste Aushilfe packte ihre Tasche fürs Büro, und ihr Büro war die ganze Welt. Sie packte Pfefferminzpastillen ein, Taschentücher, eine eiserne Ration, Wasser, ein Buch zum Lesen und einen Rei-sepass für bequemen Grenzverkehr. Sie hatte Laufmaschen in der Strumpfhose, und sie wusste, wie man Laufmaschen flickt. Sie konnte fluchen wie ein Seemann, aber nur vor See-männern. Sie konnte rennen! Auf hohen Absätzen. Sie konn-te überall hinrennen. Sie konnte nirgendwo bleiben.

Ich kannte viele Aushilfen, damals, als deine Mutter noch klein war. Ich kannte eine Frau, die eine Frau kann-te, die eine Frau kannte, deren Cousine zweiten Grades eine Frau kannte, die die Erste Aushilfe gekannt hatte. Sie mochte sie nicht besonders. Aber hat irgendwer gesagt, dass es darauf ankommt, gemocht zu werden?

Jeden Abend formulierte die Erste Aushilfe einen Wunsch. Sie wünschte sich Beständigkeit. Sie sollte schnell und plötzlich kommen, wie ein Haufen Ziegelsteine, ein Klavier, das aus dem Fenster fällt und ihr auf den Kopf. Je-den Abend formulierte die Erste Aushilfe ihren Wunsch. Ob sich ihr Wunsch erfüllt hat, woher soll ich das wissen? So eine Gutenachtgeschichte ist das nicht, Küken.

Die Erste Aushilfe war vorbereitet. Heutzutage ist niemand mehr vorbereitet. Vergiss nicht, dass dich deine Großmutter auf etwas vorbereiten wollte. Auf alles. Hör immer schön auf deine Mutter. Deine Mutter ist nicht die Erste Aushilfe, aber sie ist auch nicht die letzte. Sie weiß einiges über einiges.«

HEIMARBEIT

Vor der Bar, neben dem Müll, der nach Schnaps riecht und feucht ist vom Regen, lässt sich der Morgen herab, mich zu grüßen. Das Gesicht des kleinen Jungen über mir steht vor der Sonne wie eine vorüberziehende Wolke.

»Magst du vielleicht mit mir statt mit dir selbst sprechen?«, fragt er.

Er ist sicher nicht älter als sieben Jahre.

»Klar«, sage ich. »Hallo.«

»Was machst du hier?«, fragt er.

»Ich suche Arbeit.«

Er lacht mich nicht aus, sondern nickt ernst. Er reicht mir die Hand, damit ich mich aufsetzen kann.

»Ich habe einen Aushilfsjob für dich«, sagt er. »Ich kann dich auch richtig bezahlen.«

Ich erkläre mich einverstanden, mit zu ihm nach Hause zu gehen und eine Arbeit zu erledigen, die darin besteht, seine Mutter zu sein. Ich lege meine alte Aushilfsgewohnheit endlich ab und werfe die Zigaretten in den Müll. Er führt mich die enge Straße entlang, durch das Wäldchen, vorbei am Gefängnis, tief in den großen Wald, auf eine Lichtung und an ein Bächlein, an das Geschäfte grenzen. Irgendwo auf unserem Weg überqueren wir eine Straße, und mir fällt auf, dass er meine Hand hält.

In der Wohnung ist niemand außer ihm, das Gebäude wirkt verlassen. Keine Körper auf den Korridoren, an denen die Geräusche sich brechen könnten, die sie dämpfen würden, unaufhörlich schlagen sie quer. Mäuse quietschen, Balken ächzen, die Rosshaarwände sind schief tapeziert. In der einen Ecke die Küche, in der anderen Ecke die Couch. Der Teppich an einer Ecke hochgeklappt, darunter Kolonien aus Staub.

»Setz dich doch«, sagt er. Er zeigt auf den Boden und klappt die Teppichecke mit dem Fuß wieder um. Wir sitzen uns gegenüber.

»Und wo ist deine richtige Mutter?«, frage ich.

»Sie wurde von Piraten entführt. Aber sie kommt bald wieder nach Hause.«

Ich erinnere mich daran, wie Darla mit ihren Zähnen den Kronkorken von einer Bierflasche fetzt, und sage nichts. Die Gefangenen im Kerker, die Inventur unter Deck.

Ein Kätzchen kommt unter der Couch hervorgekrochen und kuschelt sich in den Schoß des Jungen.

»Mögen Piraten Katzen?«, fragt er mit bebender Stimme.

»Piraten müssen die ganze Zeit mausen, die haben keine Zeit für Katzen«, sage ich. »Keine Sorge.«

Die Katze schmiegt sich an seine Brust, und als der Junge aufsteht, bleibt sie, wo sie ist, krallt sich in sein T-Shirt.

»Zieh das an«, sagt er und gibt mir ihre Schürze, ihre Hausschuhe, ihr Hemdkleid, ihre Weste, ihre Lederjacke, ihr Nachthemd, ihre Duschkappe.

»Deine richtige Mutter war ganz schön cool.«

»Ist.«

Wir setzen uns auf den Boden und machen Hausaufgaben zusammen, bis er müde ist und ihm das Kinn von der Hand rutscht.

»Ich bin fix und fertig«, sagt er und schlurft wie ein alter Mann ins Bett. »Fühl dich ganz wie zu Hause.«

Der Junge hält Wort, er bezahlt mich fürs Kochen und Putzen und dafür, dass ich ihm mit Rat und Tat zur Seite stehe und jeden Abend eine andere Geschichte erzähle.

Manchmal soll ich ihn auch ausschimpfen und bestrafen, und manchmal soll ich ihn ohne Grund anschreien, traurig werden und aus dem Fenster starren.

»So?«, frage ich und lehne die Stirn an die kalte Fensterscheibe.

»Verzweifelter«, sagt er und prüft meinen Blick. »Du darfst nur einen einzigen Punkt fixieren und musst alles geben.«

Ich gebe alles und fixiere einen Blumenkasten auf der anderen Straßenseite.

»Und jetzt musst du dir einen Punkt hinter dem Blumenkasten aussuchen, einen Punkt, den nur du sehen kannst.«

Ich entscheide mich für ein geschmeidiges Waldwesen, ein Raubtier meiner Fantasie.

»Viel besser«, sagt er. »Jetzt siehst du richtig traurig aus.«

»Danke«, sage ich und lächle.

Er rollt mit den Augen. »Nicht aus der Rolle fallen!«

Ich schneide ihm die Haare, sehe ihm dabei zu, wie er sich die Zähne putzt, und hebe ihn übers Waschbecken, damit er ausspucken kann. Ich hebe ihn auf meine Schultern und düse mit ihm durchs Zimmer. Ich kaufe ein, und was ich eingekauft habe, bereite ich zu, ich portioniere Bündel und Packen und Laibe, ich schneide, rühre und quirle, ich entwickle Geschmacksprofile, verstecke Gemüse und setze das Messer so an, dass ein Gesicht von seinem Teller lächelt. Nährstoffzufuhr für einen heranwachsenden Jungen. Tupperdosenreste im Kühlschrank.

Ich erzähle ihm die So-backt-man-Kuchen-Geschichte. Ich erzähle ihm die Geschichten aus den Nachrichten. Ich erzähle ihm die Geschichte von seiner Geburt, aber zuerst muss er sie *mir* erzählen.

»Es geschah in einer dunklen und stürmischen Nacht«, sagt er in seine Decke eingemummelt.

»Wirklich?«

»Ja, wirklich. Manchmal ist es dunkel und stürmisch.«

»Es geschah in einer dunklen und stürmischen Nacht«, wiederhole ich, und er lässt sich fallen und hört mir dabei zu, wie ich die Geschichte nacherzähle.

Ich erzähle ihm Geschichten von meinen Jobs, und sogar bei den langweiligsten Geschichten fängt er zu zappeln und zu schreien an. Ich trieze die Langeweile, bis sie Blut und Wasser schwitzt. Dass die Geschichten stimmen, sage ich nicht.

»Geschichten erzählen, Geschichten erzählen«, sagt er und klatscht sich auf die Knie.

»Okay«, sage ich und trinke einen Schluck Wasser. Ich kenne diese Geschichten alle sehr gut, aber als Mutter muss man sich manchmal ausruhen. »Es war einmal ein Killer. Es war einmal ein Kind.«

»Und weiter?«

»Es war einmal ein Haus mit Türen, die auf- und zugemacht wurden.«

Seine Augen werden ganz groß, seine Lider fangen an zu flattern, dann fallen sie zu.

»Es waren einmal Bomben, Luftschiffe und Seepocken und ein kleiner Junge, der das Beste von allem war.«

Ich gehe rückwärts aus seinem Zimmer, sehe, wie er schläft. »Und das Kästchen mit den Briefmarken und der Korkkalender und das Buch mit den rosa Vordrucken, auf denen steht, was passiert ist, was genau und bis ins Letzte, in Abwesenheit deiner Person.«

»Lass das Licht im Flur an«, ruft er mir nach, und ich lasse es an.

Der Junge ist käsiger als Käse und dünner als die Frauen in der Agentur, und das will wirklich was heißen. Also leiste ich Überstunden, die er nie anordnen würde, weil er nicht wüsste, wofür. Ich recherchiere zu Fragen der Vitaminversorgung, der Mangelernährung und der Supplementierung. Mit dem Geld, das er mir gibt, kaufe ich Medikamente beim Barmann, und mein kleiner Junge bekommt wieder rosige Wangen, falls sie denn je rosig gewesen sind.

»Wieso gibst du dein Gehalt für mich aus?« Er kniet auf seinem Stuhl, damit wir auf Augenhöhe sind.

»Weil mir etwas an dir liegt, und weil du krank bist.«

»Dir soll nichts an mir liegen. Das fällt nicht in deinen Aufgabenbereich.«

»Doch«, sage ich.

»Ich habe dir Arbeit versprochen, keine Familie«, sagt er, und ein Kleinkindknurren bringt sein Kinnfundament ins Wanken. So klein und schon so grausam, denke ich, ein herzensgebrochener Herzensbrecher in spe. Ob er wohl eines Tages ein fester Freund sein wird, einer oder einer unter vielen? Ein Vater? Ein platonischer Freund? Das Kind von jemand anderem? Dann erinnere ich mich an seine Mutter, an die Piraten, an Darla. Ich zerstoße die Vitamine und verstecke sie in dem Essen auf seinem Teller.

»Ich dachte, ich hätte mich klar genug ausgedrückt«, sagt er später und löffelt das Beweismaterial, Kürbispüree mit Pillenbröckchen, auf eine Untertasse.

»Stimmt«, sage ich, »tut mir leid«, und dann lächelt er

wieder. Er lässt eine Schnur baumeln, damit die Katze sie fangen kann, und die Katze lässt sich nicht lange bitten.

Der Junge erzählt mir von seinem Zehn-Jahres-Plan, dass er eine Firma haben will, wenn er groß ist, und dass er ein ausgesprochen fairer Firmenchef sein wird. Eine Firma, die er seinen Kindern vermachen kann, etwas, das bleibt. »Zuerst braucht man eine Geschäftsprognose«, sagt er und malt mit dem Finger einen Kreis auf den Küchentresen. »Und dann fängt man an einzustellen«, fügt er hinzu, »so wie ich dich.«

»Ich lag neben dem Müll, als du mich eingestellt hast«, sage ich.

»Irgendwo muss man anfangen.«

Ein glänzender Plan, ein gleißender Plan, ein Plan so poliert, dass einem die Augen wehtun, wenn man ihm entgegenblickt.

»Na, wenn das so ist, kannst du mich dann nicht in deiner Firma einstellen?«, frage ich.

»Aber sicher doch«, sagt er, »gesetzt den Fall, deine Bewerbung wird akzeptiert.«

Wir gehen in ein Geschäft und suchen die richtigen Stifte für seine Firma aus, solche, die echte Geschäftsmänner wahrscheinlich benutzen. Wir ploppen die Kappen ab und schreiben auf kleine vollgekritzelte Zettel. Er trägt die Tüte mit den Stiften an seinem Handgelenk baumelnd nach Hause. Dann legt er sie ordentlich auf seinen Schreibtisch neben dem Bett. Wir erledigen Hausarbeiten und setzen i-Punkte und machen x-Kreuze wie die Weltmeister.

Wenn ich Wörter benutze, die er nicht kennt, benutzt er sie irgendwann selbst, spricht sie falsch aus, und mein Herz schlägt bis in den Himmel. Er wächst und wächst und wächst.

Als er von dem Vorstandsvorsitzenden erfährt, glaubt er, ich hätte Superkräfte. »Darf ich ihn sehen? Kannst du ihm sagen, dass er sich zeigen soll?«, fragt er staunend.

»Oh, der kommt und geht, wie es ihm gefällt.«

»Und wer sagt ihm, dass er weggehen soll?«

»Niemand. Er geht nie ganz weg.«

Er ist in seinem Zimmer, geht in den Flur und dann in die Küche und tut die ganze Zeit so, als würde er sich mit dem Vorstandsvorsitzenden unterhalten.

»Wow!«, sagt er und lässt sich auf den Boden fallen. »Wow, ist der Vorstandsvorsitzende cool!«

»Wow«, sage ich.

»Hast du ihn gesehen? Er hat rumgelümmelt bei mir!«

»Klar hab ich ihn gesehen!«

»Wow!«

Wenn ich länger wach bin und in den Hausschuhen seiner Mutter durch die Wohnung gehe, wird die Kette ganz heiß, und der Vorstandsvorsitzende leistet mir Gesellschaft, und wir sehen uns die Talkshows im Nachtprogramm an.

»Hab ich ihn schon wieder verpasst?«, fragt der Junge am Morgen danach.

»Dein Pullover passt dir nicht mehr«, sage ich, und wir gehen einen neuen Pullover kaufen, mit Reißverschluss und Aufnähern und Taschen, in denen er seine Schätze aufbewahren kann. Dann ist er auch aus dem neuen Pullover herausgewachsen, und wir kaufen einen noch neueren. Alle seine Pullover zusammengenommen würden durch die ganze Wohnung, über die Katze hinweg und unter dem Läufer hindurch paradieren.

Ich unterschreibe Erlaubniszettel und fälsche Unterschriften für Exkursionen und Schulprojekte. Ja, er darf mit zur Turmuhr. Ja, er darf einen Frosch sezieren. Und ja, natürlich, aber sicher. Nach der Schule läuft er mit den anderen Jungs in seinem Alter runter zum Bächlein. Einer von ihnen trägt einen Helm, weil er ein neues Fahrrad hat. Sie teilen sich das Fahrrad, den Helm werfen sie weg. Sie wechseln sich ab. Sie fahren alle zugleich, krabbeln übereinander, wie Bienen auf einem Bienenstock, und das Fahrrad kippt auf die Seite.

Ich spare und kaufe ihm ein eigenes Fahrrad.

»Du musst wirklich damit aufhören«, sagt er und schüttelt den Kopf, enttäuscht darüber, dass ich es noch immer nicht begriffen habe.

Ich zucke mit den Achseln. »Ich kann nicht anders.«

»Versuch's!«, sagt er und legt die Hände um die Griffe, über der Bremse ist eine knallrote Klingel. Sein Gesicht entspannt sich, wird weich für einen kurzen Moment. »Dann behalte ich es eben«, sagt er, »aber nur, damit du dich freust.«

»Gut«, sage ich und lächle wochenlang in mich hinein.

»Nichts zu danken«, sagt er und fährt auf seinem Fahrrad in den Sonnenuntergang, wie der Cowboy, zu dem ich ihn erzogen habe.

Die anderen Mütter versammeln sich zum Kaffeetrinken um einen Picknicktisch, und ich setze mich dazu.

»Und Sie sind noch gleich wessen Mutter?«, fragt eine von ihnen. Sie trägt eine kurze blonde Dauerwelle, die ihren langen Hals frei lässt.

Ich zeige auf meinen Jungen.

Die Mütter fragen mich: »Haben Sie sich die Nase machen lassen?« – »Haben Sie zugenommen?« – »Haben Sie sich die Haare gefärbt?« Sie wissen nicht, dass ich nicht die bin, die ich vorgebe zu sein, aber im Grunde ihres Herzens haben sie einen Verdacht, vermuten sie es.

»Ja«, sage ich zu all ihren Fragen. »Ausnahmslos: ja.«

»Deshalb also!«, sagt die Blonde, bietet mir Cracker und Käse an und später, auf ihrer Couch, ein Glas Wein.

»Die Kinder!«, rufen sie und unterhalten sich über ihre Kinder.

»Die Haustiere!«, rufen sie und unterhalten sich über ihre Haustiere.

»Die Männer!«, rufen sie und unterhalten sich über ihre Männer.

Die Vielheit ihrer Leben, denke ich und will meine Angel nach einer Person, einem Ort, einer Sache auswerfen, die ich für mich in Anspruch nehmen kann.

»Und was ist mit Ihnen?«, fragt eine Mutter mit Erwachsenenzahnspange.

»Und was ist mit mir?«, frage ich und erwarte von ganzem Herzen eine Antwort. Aber niemand antwortet mir. Wir lesen Zeitschriften zusammen, und weil der Raum voller Frauen ist, wird das Weinglas in meiner Hand nie leer.

Wir haben uns bereit erklärt, eine Schulparty zu beaufsichtigen. Die Jungen stehen um eine Schachtel mit Donuts versammelt und starren den Inhalt an, als wollten sie ihn zum Schweben bringen. Wir stehen beim Eingang und wachen über das Kommen und Gehen unserer Kinder mit vor Kälte geröteten Wangen.

»Warum denn kein Engtanz?«, sagt die blonde Dauerwelle und wechselt die Musik. Der Junge und seine Freunde halten jetzt die Donut-Schachtel in Händen, sie haben alle Hände voll zu tun, es ist, als wollten sie sagen, uns sind die Hände gebunden.

Die Mädchen knubbeln sich in die dunkelste Ecke des Raums.

»Ich liebe diesen Song!«, sagt die blonde Dauerwelle und tanzt mit einer anderen Mutter.

Mein Junge steht neben mir. Er berührt mein Handgelenk.

»Ich hab die falschen Hosen an«, sagt er.

»Was stimmt nicht mit den Hosen?«

»Alles«, sagt er und fängt fast zu weinen an.

Ich gehe in unsere Wohnung und hole ihm seine Khakis, dann gehe ich im Dunkeln zurück, die Hosen über die Schulter geworfen wie einen abgezogenen Balg, ohne den er nicht überleben würde.

»Danke«, sagt er und läuft schnell aufs Klo und zieht sich um. Bevor er wieder zu seinen Freunden geht und Donuts debattiert, stopft er die falschen Jeans in meine Tasche.

»Hat doch Spaß gemacht, oder?«, frage ich später am Abend auf dem Nachhauseweg.

»Irgendwie schon«, sagt er.

Den Rest des Wegs schweigen wir. Zu Hause sagt er,

ich soll erst schreien und dann weinen und dann aus dem Fenster starren.

»So soll es sein«, erklärt er und geht ins Bett.

Die Mütter sitzen am Picknicktisch und trinken Kaffee. Wir unterhalten uns über die Jungs. Über die Bomben. Wir sprechen über die Petition für oder gegen irgendetwas, woran sich keiner mehr erinnert. Wir backen Kuchen, den wir zum Kuchenbasar bringen, und verkaufen ihn über Wert.

»Ich fühle mich nicht wertgeschätzt«, sagt die blonde Dauerwelle. Manchmal gehen wir nachmittags spazieren. Sie fängt zu schluchzen an: »Schätzt du mich?«

»Natürlich!«, sage ich und tätschle ihren runden leuchtenden Kopf. Als würde man einen Pokal polieren.

Wir gehen zum Bächlein, ziehen unsere Schuhe aus und halten unsere Füße ins Wasser. Es fühlt sich kühl und frisch an zwischen den Zehen, dann fühlt es sich nach gar nichts mehr an. Wir waten durchs Wasser, bis wir nichts mehr spüren, Kontinente voller Schnee treiben über unsere Füße hinweg.

»Was ist der Preis?«, will sie wissen, eine Frage in einem nie geführten Gespräch.

Mein Junge lässt den Schlüssel in der Autotür stecken und jagt mir einen Schrecken ein. Darf er schon fahren? Ich weiß es nicht mehr.

Mit seinen Freunden macht er einen Ausflug in eine Manufaktur, sie lernen, wie man Paninis zubereitet. Alle kommen vorbei und präsentieren ihre neue Kunst. Sie machen eins nur für mich, dicke Scheiben Brot, der beste Käse, den man kriegen kann, Aioli, frische Tomaten und Basilikum-Chiffonaden, noch nie habe ich etwas so Köstliches gegessen.

»So etwas Köstliches habe ich noch nie gegessen«, sage ich.

»Hurra!«

»In meinem ganzen Leben nicht.«

Ich portioniere glänzende Eiscremebälle, die Jungen spielen Brettspiele und schlafen mit milchig lackierten Lippen auf dem Fußboden ein. Die greise Katze tigert über das Schlachtfeld, bringt Spielkartenstapel zum Einsturz, fegt Spielfiguren um.

Ich stehe da und betrachte das Bild, den Jungen und seine über den Teppich verstreuten Freunde, ihre sich fast berührenden Köpfe, ihre kreuz und quer gebetteten Beine. Morgen, denke ich, leihe ich ein paar Filme aus. Morgen können sie den ganzen Tag Filme gucken. Einfach nur rumlümmeln und so viele Filme gucken, wie sie wollen. Wie oft gibt es Tage wie diesen? Ein Tag wie dieser ist ein guter Tag. Ich schreibe einen Einkaufszettel für die vielen verschiedenen Tage, die ich meinem Sohn ermöglichen will, und streiche den heutigen Tag von der Liste.

Der Mond beleuchtet das Wohnzimmer wie ein Bildschirm. Ich gehe in mein Zimmer, ein wenig schlafen.

Als ich morgens aufwache, bin ich schon auf den Beinen. Ich stehe an der Kücheninsel. Der Junge mir gegenüber. Seit wann ist er so groß? Wächst da etwa schon der erste Flaum?

»Du bist geschlafwandelt«, sagt er. Seine Freunde stehen hinter ihm, stärken ihm, warum auch immer, den Rücken.

»Und wo bin ich diesmal hingegangen?«, frage ich und lache.

»Du hast deine Sachen gepackt«, sagt er, öffnet die Faust, und die Augenklappe kommt zum Vorschein. »Piraten«, raunt er seinen Freunden zu, fast bricht ihm die Stimme weg.

»Es ist nicht so, wie du denkst, die ist doch nur für Halloween«, sage ich, und schon bricht mir das Herz. Ich versuche täglich zu lügen, und meistens übe ich an mir selbst.

»Und das hier, ist das auch nur für Halloween?«, fragt er. In der anderen Hand kommt die Brosche in Form eines Nautilus zum Vorschein, spiralig wie das Nervenbündel hinter seinem Auge. Eine Träne, dann noch eine. »Die hat meiner Mutter gehört«, sagt er. »Warum ist sie bei dir?«

»Ich weiß nicht mehr«, sage ich. Ich biete mein ganzes Leistungspotenzial auf, damit ich nicht zusammenbreche, damit ich nicht auf der Stelle tot umfalle.

»Raus hier.«

»Nein«, sage ich.

Seine Freunde sehen mich an, seine unfreundlichen Freunde. Die alte Katze faucht.

»*Raus*«, sagt er und zeigt zur Tür.

»So leid es mir tut, aber ich kann dich hier nicht alleine

lassen.« Ich lege meine Hände auf die Arbeitsfläche, die in meiner Vorstellung *meine* Arbeitsfläche geworden ist. Meine Küche. Meine Katze. Mein Kind. Mein Zuhause.

»Du bist noch ein Kind«, sage ich.

Das Licht verändert sich. Ist das ein Tattoo? Ein Bart?

»Ich kann auch die Polizei rufen«, sagt er, und ich begreife sofort, dass es ihm ernst ist. Ich weiß, dass ich kein zweites Mal Glück haben, dem Gesetz diesmal nicht entkommen würde.

»Die Beendigung unserer Geschäftsbeziehung«, sagt er, »obliegt einzig und allein mir.«

Während ich die Wohnung verlasse, schimpfe ich mit ihm, bestrafe ich ihn, schreie ich ihn ohne Grund an, dann bin ich traurig und gehe, ein für alle Mal. Ich dachte, ich hätte Beständigkeit gefunden, und nun bin ich doch wieder allein.

»Komm bloß nicht zurück, niemals«, sagen seine Freunde.

Es gibt so viele verschiedene Mütter. Er hat nie gesagt, was für eine Mutter er sich wünscht.

Ich bin die Art von Mutter, die wieder geht.

»Wo geht's hin?«, ruft mir die blonde Dauerwelle zu. Sie steht an der Straßenecke.

Ich antworte ihr nicht.

»Du! Wohin gehst du denn?«

Ich gehe einfach weiter.

Die Panini-Manufaktur ist einer Bank gewichen. Ein und derselben Bank. Neue Läden. Ein und dieselben Läden. Ich erkenne nichts wieder. Und erkenne alles wieder. Wie anstrengend das ist. Früher waren die Absätze meiner Schuhe noch ganz, jetzt zerfallen sie, das Fundament meiner gestohlenen Stiefel bröckelt. Früher bin ich spaziert und über die Ritzen der Bodenplatten gesprungen. Jetzt überspringe ich Minuten, Sekunden, Stunden.

Ich finde einen Job, ich brate Burger, mehr gibt es dazu nicht zu sagen. Ich erwarte, dass sich mir der Job noch offenbart, aber nicht alle Jobs sind Eisberge mit meilentief verborgener Arbeit. Manche Jobs sind einfach nur Jobs. Ich trage ein Haarnetz und pflege täglichen Umgang mit Fett und Feuer. Ich entdecke mein Spiegelbild im Spuckschutz, es ist mir fremd.

In der Bank stellen sie menschliche Metall- beziehungsweise Waffendetektoren ein. Ich trinke einen breiigen Milchshake, der spezielle Partikel enthält, und wenn jemand an mir vorbeigeht, registriere ich alle erdenklichen Metalle und Waffen. Ein Fehler in meinem System führt dazu, dass ich auch bei Waffeln Alarm schlage.

Ich erkläre meinem Vorgesetzten, dass auch Verzweiflung detektierbar ist, und der Vorgesetzte sagt, das wundere ihn nicht: »Die Verzweiflung klebt an dem Metall, das du anzeigst.«

Wir Detektoren verfolgen ein einfaches Ziel: Menschen am Betreten und Verlassen der Bank zu hindern. Dinge aufzuspüren, des Messers Schneide, ein Leichenhemd, Urlaubsgeld, einen L-gebogenen Winkel, der hinausreicht über die Begrenzung des Körpers. Die elektrifizierte Begrenzung der Bank ragt in den Himmel, ist ausstaffiert mit Kameras und mit Lichtern vergoldet, die mir den Weg an meinen Platz vor dem Haupteingang weisen.

Ich detektiere Metall in Form eines Spielzeugs.

Ich detektiere Metall in Form eines Nautilus.

Ich detektiere Metall in Form einer Waffe in Form eines Messers und sehe ihr in die Augen. Und Laurette sieht mir in die Augen. Der Kummer, den ich registriere, ist so groß und unerträglich, dass ich mich übergeben muss. See-krankheit. Kummerkrankheit.

Als ich mich wieder gefangen habe, ist Laurette ver-schwunden, und mein Vorgesetzter thront über mir.

»Pack deine Sachen, versteht sich.«

Dann bin ich arbeitslos, monatelang, vielleicht auch hundert Jahre. Arbeitslosigkeit: Nicht vor dem Baby!, hat meine Mutter ihre Mutter ermahnt. Was für eine Schande, mein erstes Mal so ganz ohne Beschäftigung. Aber um die Ecken der Scham sickert die Zeit. Nicht erfasste Zeit, Zeit ohne Formulare oder Stempel oder Karten. Frau Zeit stellt sich mir vor, mir und jeder meiner unausgefüllten Stun-den. Eine neue Bekannte mit seltsamen Auswirkungen auf meine Gliedmaßen, meine Sorgen, meine Wut, mein Leben. Der Müll arbeitet sich an den Bordstein heran, wie ein einsamer Liebhaber, der nach Umarmungen lechzt. Kein Mensch lebt in dem Haus gegenüber, keine Familie, keine Brüder, keine Schwestern. Ein Baum verlor gestern die Hälfte seiner Äste, und alle durchqueren weiter die Phantome ihrer Schatten. Nicht erfasste Zeit hat ihr eige-nes Inventar.

Eines kalten Morgens sitzt mir ein Kloß im Hals und bleibt den ganzen Tag.

Eines schwülen Nachmittags finde ich in meinen Stiefeln ein herrenloses Flugblatt, das mich, wer weiß wie lange schon, in die Fußsohle sticht. Ich halte es mir an die Brust, bis sie brennt wie von einem Ausschlag. Ich denke fest an das Flugblatt, wünsche mir, nach Hause zurück-zukehren. Ich schlage die Absätze meiner Stiefel zusam-men.

Eines regnerischen Nachmittags warte ich am Lan-dungsplatz, im Hafen, unweit des Strandbads.

Eines nebligen Abends entdecke ich ein geblähtes Segel in der Ferne, die Silhouette eines fahrenden Schiffs. Ich renne los mit allem, was ich habe, viel ist es nicht, mit der feuerheißen Kette, mit dem Vorstandsvorsitzenden und mir renne ich den anlandenden Piraten entgegen.

Die Götter schufen die Erste Aushilfe, damit sie Pause ma-chen konnten. Sie sagten: »Mach, dass Freizeit werde, und spring für uns ein, okay? Hier sind unsere Passwörter und Zugangscodes.«

Die Erste Aushilfe fiel von einem Meteor und war von keinem besonderen Ehrgeiz getrieben. Die Götter mussten sie festnageln, damit sie nicht davonflog, so rastlos war das neue Seelchen, so flatterhaft sein Wesen. Noch hatten die Götter die Schwerkraft nicht erfunden. Arbeitsloses Ge-schmeiß stieg geradewegs in die Wolken auf, nur eine An-stellung verlieh dem Leben das Gewicht der Redlichkeit.

Die Erste Aushilfe wurde zu Gottesebenbildlichkeit qua Kopie ermuntert, auch wenn sie nicht dazu erschaffen wor-den war, einem bestimmten Gott zu ähneln. Dieser Teil des Stellenprofils wurde erst nach Vertragsabschluss hinzuge-fügt. Und so musste sie bis in alle Ewigkeit ihre Permuta-tionen, stenografischen Duplikationen und empathischen Kontorsionen einstudieren. Ihre Handschrift war ein makel-loses Faksimile der Handschrift, die alle von ihr erwarteten. Sie bewohnte den Raum zwischen ihrem eigenen Wesen und dem Wesen derer, die zu vertreten sie angetreten war. Sie übernahm immer mehr Verantwortung, sie erfüllte ihre Aufgaben mit Aplomb, archivierte die Sicherungskopien, arbeitete alle Punkte auf ihrer Liste ab.

»Zünde diesen Dornbusch an!«, sagte einer der Götter, und sie zündete den Dornbusch an.

»Und jetzt sorgst du dafür, dass der Dornbusch wieder so aussieht wie vorher«, sagte ein anderer Gott, und so erlernte sie den Stumpfsinn des Machens und Rückgängigmachens,

des irdischen Werdens und Sterbens in seiner ganzen Brutalität.

»Kann ich bleiben? Unbefristet?«, fragte sie, und die Götter lachten und machten Mittagspause.

Die Erste Aushilfe ging der Welt auf den Grund. Sie bemerkte die göttlichen Unzulänglichkeiten, Launen und Fehden. Die göttliche Bürokratie war es, die ihre Existenz erst ermöglichte. Und sie bemerkte, dass in einer Welt, in der alles zu Ende geht, Entfristung ein Trugschluss ist, und begehrte sie trotzdem.

Als sie eines Nachmittags mit ihrer Arbeit fertig war, konnte sie eine Stunde der Gehorsamsverweigerung erübrigen. Mit geschlossenen Augen schuf sie sich eine ganze Reihe von Freunden. Nein, Angestellten. Nein, Kolleginnen, dachte sie. Die Aushilfen sprossen aus den Sohlen ihrer bequemen Schuhe und wurden vom Winde verweht. Sie griff durch die Wolken auf die Erde, um nach ihnen zu suchen, und tauchte ihre Hand dem Ruder eines Kanus gleich in die Strömung eines Bächleins und schöpfte sie aus dem Wasser. Sie strich sie von ihrer Hand und tupfte sie trocken, sie gab ihnen Lederplaner, Filzstifte, laminierte Anweisungen für ihre Interaktion mit der Welt.

Die Aushilfen waren immer unterwegs und mit dem Wind im Rücken erschaffen, sie sollten die Lücken füllen, die die Götter übersehen hatten. Sterne standen am Himmel, aber noch fehlte der Mond. Eine der Aushilfen verkrümmte sich zu einer leuchtenden Kugel. »Super Idee«, sagte ein Gott, der gerade Nektar trank, und schuf den Mond nach ihrem Bilde. Das Karibu wusste nie so recht, was es vom Rentier halten sollte, also verzweigte eine der Aushilfen ihre Arme zu einem Geweih, damit sich das Karibu und das Rentier handfest verkrachen, zusammenknallen und zu einer

Lösung finden konnten. Die Papiere auf den Schreibtischen waren immer schrecklich durcheinander, also verkantete sich eine der Aushilfen zu einer Aktenablage und sorgte für allgemeine Sammlung. Meer und Himmel berührten sich nicht, also faltete sich eine der Aushilfen zu einem schmalen Streifen aus dunstiger Luft, der fortan Horizont genannt wurde.

Die Welt wurde immer voller, aber nicht größer. Verwirrung erweckte den Anschein von Vollendung. »Denkt nach!«, sagte die Erste Aushilfe. Sie stellten fest, dass es an mikrowellengeeignetem Keramikgeschirr mangelte. Sie höhlten ihre Körper zu Schüsseln, Tellern und Tassen aus, die man in ihrem eigenen Dreck stehen lassen konnte. Die Aushilfen stellten fest, dass es an Stauraum fehlte, und höhlten sich zu Schränken aus. Sie bemerkten das fortlaufende Ausbluten von Herzlichkeit, rissen sich zur Erinnerung das Herz aus der Brust und trugen es auf der Zunge. Mit großer Erleichterung stellten sie fest, dass der Rückfluss verlorener Herzlichkeit immer nur eine Frage der Zeit war.

Die Beine der Aushilfen wurden standhafter, ihre Arme kräftiger, sie neigten jetzt nicht mehr zu Spontantransformationen. Sie gediehen und suchten sich ihren Platz in der Menge. Sie fügten sich ein und halfen aus. Jahrtausende vergingen wie Ampelsignale, die Aushilfen überquerten die Straße. Manchmal reichte der Zebrastreifen für das Verkehrsaufkommen nicht aus, und aber niemand trauerte um die Aushilfen, die von einem Bus überfahren wurden, man ersetzte sie auch nicht. Wozu jemanden ersetzen, der nur jemanden ersetzt? In dieser Hinsicht war den Aushilfen eine dehnbare Form der Beständigkeit eigen.

»Bekomme ich jetzt eine Festanstellung?«, fragte die Erste Aushilfe.

»Bitte kommen Sie in unser Büro«, sagten die Götter, und sie folgte den Göttern zu ihrem Schreibtisch.

»Ihre kreative Arbeitsweise gefällt mir …«, sagte ein Gott, und die Erste Aushilfe hörte drei Pünktchen und ahnte ein unheilvolles »Aber«. Sie sollte recht behalten.

Vakante Vollzeitstellen gab es nicht.

»Vielleicht bald?«

»Vielleicht«, sagten die Götter. »›Bald‹ ist vor dem Hintergrund der Totalität unseres Unternehmens allerdings relativ.«

»Vielleicht bald?«, fragte die Erste Aushilfe nach hundert Jahren.

»›Bald‹ ist relativ.«

»Bald?«, fragte sie an dem Tag, als ihr Terminplaner sie daran erinnerte, sich wieder zu erkundigen.

»›Bald‹ ist relativ.«

»Bald?«

»Bald.«

Die Erste Aushilfe schwankte aus dem Büro der Götter zu den Toiletten am Ende des Flurs. Ein richtiger Flur war es nicht, eher eine Annäherung an die Gefühle, die mit dem Vorgang des Gehens und dem Resultat des Ankommens verbunden sind. Richtige Toiletten waren es auch nicht, aber die Anmutung war bürotoilettenähnlich: Neonlicht, widerhallende Geräusche, kalt, gefliest.

Die Erste Aushilfe schloss sich in eine Kabine ein. Sie wurde die Erste Weinende Aushilfe Die Auf Dem Klo Geweint Hat, die allererste ihrer Art. Heiße Tränen liefen ihr über die Wangen, sie trocknete sie mit ihren Ärmeln. Sie saß in ihrem Kleid auf der Klobrille, tappte mit dem Schuh auf die Fliesen und wartete darauf, dass es vorbeiging. Sie war am Ende, obwohl sie nicht einmal richtig anfangen durfte, *und genau in diesem Moment schob jemand eine Handvoll Taschentücher unter dem Türspalt durch.*

Die Erste Aushilfe trat aus der Kabine und fand sich von Kolleginnen umgeben. Sie hielten Teetassen und Wimperntusche und Schokolade in ihren Händen. »Sei nicht traurig!«, sagten sie, tätschelten ihr die Schulter und brachten ihre Haare in Ordnung. »Wir warten, bis es dir besser geht. Wir haben sowieso nichts zu tun. Wir müssen auch nirgendwohin. Wir wollen nur bei dir sein.«

Nachdem sie sich wieder gesammelt hatte, ging sie von den anderen Aushilfen eskortiert zurück an ihren Schreibtisch. Die Aushilfen zerstreuten sich wieder, ins Büro und in die Welt.

»Tut uns so leid!«, sagten die über dem Schreibtisch der Ersten Aushilfe schwebenden Götter. Ihr Bedauern war aufrichtig, das wusste sie. Die Erste Aushilfe wusste, wenn die Götter es aufrichtig meinten, weil sie der Welt durch aktive und gestaffelte Einfühlungs-Checks auf den Zahn fühlte. Sie wusste, wovon die Götter ausgingen, weil auch sie von dort ausging, denn ihre Aufgabe bestand darin, dort anzufangen, wo die anderen aufhörten. Sie lebte im spitzen Winkel, der die Grenzen der Welt anzeigte. Wenn sie in einen Raum aus Eis eingesperrt worden wäre, sie hätte trotzdem die göttliche Sicht auf die Dinge erkannt, als ein Aufschimmern in der Spiegelung ihres Selbst.

Sie machte Vertretung, wenn die Götter in ihr langes Wochenende gingen. Sie füllte ihre Tage aus, bis keine Tage mehr übrig waren, dann fing sie von vorne an. Sie betrachtete ihre Kolleginnen beim Schlafen und betete für ihre Beständigkeit, auch wenn sie ihr selbst vorenthalten blieb. Die Mittagspausen waren kurz und gestaffelt. Stets gab es eine kleine Klappstulle in einer kleinen Klappstullentüte. Stets gab es Fristen und Termine. Stets gab es knallbunte Stifte und frische Notizbücher. In der Flüchtigkeit dieses Lebens sah sie Funken der Hoffnung aufflackern.

Sie lotste die Aushilfen durch ihre Anstellung, bewahrte ihre unendliche Zeit in einer unendlichen Welt. Damit ihnen vielleicht doch etwas zuteilwurde, das größer war als nur fortzubestehen.

FEIERABEND

Auf dem hundertsten Törn des namenlosen Schiffs trinken wir Bockbier, Darla und ich.

»Das mit dem Logo haben wir nie hinbekommen«, sagt sie und schlingt ihr Meerjungfrauenhaar zu einem unordentlichen Meisenknödel.

Das Schiff schlingert übers Meer, wippt über rumplige Wellen. Mehrere Stürme haben die Besatzung dezimiert, es fehlen viele bekannte Gesichter.

»Als würden Bomben vom Himmel fallen«, sagt Darla und beschreibt, wie der Wind das Wasser mit einem Mal aufwiegelt und über die Takelage wirft. Ich nicke, der Vergleich dürfte mehr mit der Wahrheit zu tun haben, als Darla sich vorstellen kann. »Und dann die ganzen Gefangenen – alle frei. Ganz zu schweigen von dem Drachen. Ist das wirklich ein Drache? Oder was Schlimmeres?«

Die Frau des Piratenkapitäns sitzt allein an den Schiffsmast gelehnt und sieht sich einen alten, auf die Segel projizierten Film an.

»Wir haben harte Zeiten hinter uns.«

»Und Pearl?«, frage ich.

Darla schüttelt den Kopf.

Pearl und Pearl: passé. Keine Pearl mehr, nirgends. Wenn niemand mehr da ist, wen kümmert es dann, wer die Erste war, wer der Ursprung war und wer nicht.

Mein erster Impuls: mich an den Bug binden, meinen Kummer verkünden. Mein zweiter Impuls: zum Kerker rennen, die Mutter des Jungen suchen. Aber ach, andere Gefangene, andere Leute, andere Probleme, die alten Gefangenen sind längst nicht mehr da. Ewig her, das alles.

Die Falte auf meiner Stirn, woher sie wohl kommt? Darla tischt mir Rollmöpse auf und stopft mir das Maul. Maurice fliegt über uns hinweg, der echte Maurice, und krächzt die untergehende Sonne an.

»Wie geht's deinen Großeltern in Florida?«, frage ich Darla.

»Tot.«

Von meinem alten Bullauge aus entdecke ich auf einem Buckelwalbuckel eine menschliche Seepocke. Eine ganz besondere Art. Ich frage mich, wohin sie wohl unterwegs ist. Und wohin ich wohl unterwegs bin, was ich wohl tun werde, aus welchem Klebstoff ich gemacht bin, falls ich überhaupt aus Klebstoff gemacht bin. Ich glaube, dass ich endlich etwas begriffen habe, aber das Begriffene entgleitet mir wieder. Und dann sind sie wieder da, der Dunst, die Wolken, der Nebel, die vertraute Verteilung des Wassers in veränderter Gestalt.

Ich knote die Knoten, die man von mir zu knoten erwartet, und hefte die Logbucheintragungen ab. Ich trinke Kaffee mit dem Assistenten der Geschäftsleitung, wir sitzen auf der Planke, unsere Füße baumeln in der Luft. Es ist, als wäre nichts passiert, als wäre alles beim Alten, als hätte ich die ganze Zeit hier gesessen, an dem Ort, an dem alles angefangen hat. Meine gemachte, meine rückgängig gemachte Welt.

»Nie würde Darla sich feige rächen«, sage ich.

»Ich würde abstechen, abstechen, abstechen«, sagt Darla, und wir lachen wie verrückt. Oder nein, nicht wie verrückt. Einfach wie Freundinnen. Wenn ich wegen des Logbuchs im Stress bin, kümmert sich Darla um meine Koje, dann macht sie mein Bett und bringt alles in Ordnung, ich tue das Gleiche für sie. Wir tun Dinge füreinander. Wir zeigen auf die Welt, und das Zeigen schlägt quer und trifft auf die gewünschte Person. Ich dachte, ich hätte Darla verstanden. Ich dachte, ich hätte mich genug eingefühlt, um sie ersetzen zu können. Aber jeden Tag lerne ich etwas Neues dazu. Wenn sie sich unbeobachtet fühlt, macht sie etwas mit ihren Ohren, wackelt damit. Wie lange dauert es, bis man jemanden präzise ersetzen kann, frage ich mich. Länger bestimmt als lebenslang. Eine Augenklappe ersetzt kein Auge, sie bezieht nur Stellung, vorübergehend.

»Auf Pearl«, sagt sie.

»Auf Pearl«, sage ich.

Wir essen mitten auf dem Meer, unter den Sternen, und die Wasseroberfläche spiegelt das unendliche Lichtspiel des Himmels.

Darla fragt mich, ob ich als Erste Offizierin des Personalmanagements anheuern will.

»Unbefristet?«

»Klar«, sagt Darla, die Hände in den Taschen. »Wir müssen so viele Leute ersetzen.«

Nichts wäre leichter als das. Wie lange bin ich überhaupt schon hier? Ich betrachte meine rauen Hände, bemerke das Kratzen in meinem Hals. »Ich überleg's mir«, sage ich, dabei habe ich es mir schon überlegt. Es ist das Einzige, worüber ich nachdenke, dass ich nie bleiben kann, weder so noch so. Ich schließe die Augen und warte auf das Einsetzen der Beständigkeit, aber nichts passiert.

An einem schönen Frühlingsnachmittag, der Wind streicht wohltemperiert über meine Haut, die optimale Fusion von lauer Luft und Sonnenschein, begrüßt der Hafen das Schiff mit einem kurzen Beben. Ich schlafe im Krähennest und schrecke hoch. Ein Schild, das über diesem Teil des Hafens hängt, steht mir vor Augen, eine Werbetafel, ein Leuchtfeuer in Lack, riesige, im Himmel prangende Versalien.

»Unsere Muttergesellschaft«, sagt Darla.

Nach so langer Zeit unterwegs – etwas Vertrautes.

Omni Corp.

Ich kann nicht in meine alte Wohnung zurück, meine Wohnung gehört nicht mehr mir. Also gehe ich durch die Stadt zum Sitz von Omni Corp. Gewaltige Ausmaße, geringer Wiedererkennungswert. Das Gebäude scheint meine Gegenwart zu dulden. Die Lobby gießt Öl auf die Wogen meiner Seele, auf eine Weise, die ich nicht beschreiben kann. Ich habe keine Schlüsselkarte, aber weiter darf ich trotzdem, und genau das habe ich erwartet.

»Wir haben Sie erwartet«, sagt eine Frau und hält mir die Tür auf. Sie sieht aus wie die Frau, die ich vor vielen Jahren gefeuert habe.

»Sind Sie die Frau, die ich vor vielen Jahren gefeuert habe?«, frage ich.

Sie lacht, sie lächelt, dann weist sie mir mit langem Arm den Weg zum Lift. Diese umwerfenden, umwerfenden Arme.

Darla hat etwas gesagt, etwas, das ich nicht schlucken konnte. Deshalb bin ich hier. Ich umfasse mein Amulett und gehe die Flure entlang, vorbei am begehbaren Snackschrank, an den Bürokabinen und dem Eckbüro. Dann, meine Erinnerung trügt mich nicht, kommt der Sitzungssaal. In dem das Porträt des Vorstandsvorsitzenden hängt. Der lange, glänzende Vorstandstisch. Die Kaffeemaschine in der Ecke. Die Lederstühle mit den hohen Lehnen.

Die Kette wird ganz heiß auf meiner Haut. »Worauf wartest du denn?«, fragt der Vorstandsvorsitzende, der vor dem Fenster steht, dahinter die Skyline der Stadt als Kulisse. Seine Stimme steigt aus dem Amulett, mir direkt in den Kopf, ich folge seinen Anweisungen.

Ich stelle mich auf den Tisch, der gerade hoch genug ist, dass ich an die Decke komme. Dann strecke ich meinen kleinen Finger aus und tippe dagegen, erst vorsichtig, dann fester, dann richtig, und sie gibt nach. Ein kleines Geviert öffnet sich, ein Winkel, ein Grab. Ich ziehe mich hoch und hinauf und geradewegs in den Himmel.

Denn hier, in diesem Extraraum über der obersten Etage, finde ich mein Erbe, Kisten mit Firmenunterlagen: Omni Corp gehört jetzt mir. Ein langer Brief des Vorstandsvorsitzenden, in dem steht, wie man einen Konzern führt, und zwar ausgesprochen fair. Hier meine Passwörter und Zugangscodes. Hier eine Liste mit meinen Lieblingssnacks. Hier eine Liste mit angemessener Bürogarderobe. Hier was zu tun ist, wenn irgendjemand deine Autorität untergräbt. Hier der Schlüssel zum Büro, hier der Schlüssel zum Geheimbüro. Hier. Alles für dich.

Und er schreibt, in schönster Schönschrift, dass er immer an meiner Seite war. In meiner Wohnung. Im Karton im Schrank. Auf dem Piratenschiff, in der Mörderhütte, im Tresorgewölbe der Bank. Im Luftschiff, im Tunnel und als ich mich als Mutter versuchte – immer war er da. Der Mann im Krankenhaus, der meine Mutter wie ein Kran überragte, ihre Hand voller Schläuche und Nadeln wie mit einer Plane bedeckte, sie zum Lachen brachte. Ihr größter Freund, ihr Lieblingsfreund. Ohne jedes Urteil, nur hier, nur da, und nicht nur, damit du weiterlebst, das Leben bestehst. Damit du gehalten bist. Ein Mann auf Achse, der auf mich aufpasst. Da, in dem Medaillon, die Asche, die ich auf dem Herzen trage wie eine Pflicht.

Muttergesellschaft, hat Darla gesagt. Fast.

Mein Vater.

Ich klettere in den Sitzungssaal zurück, aber er ist nicht

mehr da. Ich will ihn mit der Kette zurückrufen, aber nein, ein Flaschengast ist er nicht. Meine Kette ist jetzt kalt, wird es auch bleiben.

Da ist er wieder, der Kloß in meinem Hals. Ich will ihn schlucken, aber er geht nicht mehr weg.

ABSCHLUSSGESPRÄCH

Würden Sie uns mehr über diesen Kloß in Ihrem Hals erzählen? In welchem Verhältnis stand er zu Ihrer beruflichen Performance?

Der Kloß wurde während meiner Arbeit hier bei Omni Corp immer größer. Der Kloß war ein guter Kloß, er hat meinem Leben mehr Gewicht verliehen. Er war wie ein Gefühl, das mich in all meinen Entscheidungen bestärkt hat. Ich habe gelernt, ein Unternehmen zu leiten – und zwar ausgesprochen fair. Montags und freitags habe ich Bewerbungsgespräche mit potenziellen Nachwuchskräften geführt. Ich habe Darla in die Firma geholt. Vollzeit. Sie hat ihr Leben auf See hinter sich gelassen. Ein paar meiner festen Freunde habe ich auch angestellt. So haben wir uns endlich wiedergesehen.

Wie würden Sie das Wiedersehen mit Ihren Freunden beschreiben?

»Mensch!«, haben wir gesagt und sind aufeinander zugerannt. Wir sind uns in die Arme gefallen. So etwas hatte ich nicht erwartet. Die Umarmungen waren Matroschkas der Zuneigung, Akte der Herzlichkeit, in denen die ganze zuvor verloren gegangene Herzlichkeit enthalten war.

Gab es unerwartete Herausforderungen?

»Und wie geht's Farren?«, habe ich gefragt, und die Antwort war: »Och, na ja.« Sie waren zwar nicht mehr *meine* Freunde, aber befreundet waren wir noch. »Du bist eine von uns«, haben sie gesagt. Sie haben ihre Kaffeetassen in ihren Büros stehen gelassen, und die Tassen waren immer abgewaschen und auf Glanz poliert. Wenn sie an meiner offenen Bürotür vorbeigingen, sagten sie »Guten Morgen!«, und ich, gerade dabei, meine Beine auf den Schreibtisch zu schwingen, sagte auch »Guten Morgen!«. Der Kloß in meinem Hals ist dadurch, dass wir uns versöhnt haben, nur noch größer geworden.

Was würde Ihre Mutter sagen?
Etwas übers Vernünftigsein und über ehrliche Arbeit. Und über die Größe meines Büros.

Könnten Sie uns ein Beispiel dafür nennen, welche konkrete Herausforderung Sie meistern mussten?
Wir haben die Chefin vom Flugblattdienst in ihre Höhle zurückgeschlagen, ich hatte die Projektleitung. Wir haben drei Piratenschiffe und drei Freunde dafür gebraucht. Sie mussten die Höhle so lange bewachen, bis sie wieder ihre menschliche Form angenommen hatte. »Die Einsamkeit bringt mich bestimmt um«, hat sie gesagt. »Die Einsamkeit wird sie umbringen«, hat der Arzt gesagt, und dann hat die Einsamkeit sie umgebracht. Der Arzt kannte sich eben aus. Wir bei Omni Corp gewähren einwandfreie Sozialleistungen, aber die Chefin vom Flugblattdienst war bei unserer konzerninternen Zeitarbeitsfirma angestellt und hatte folglich keine Krankenversicherung. Mein Tod wird sich wie eine Blitzkündigung anfühlen, dachte ich, ich werde nicht einmal Zeit haben, meinen Schreibtisch leer zu räumen.

Gab es einen Moment, in dem Sie das Gefühl hatten, für diesen Job nicht ausreichend qualifiziert zu sein?

Ich hatte nie das Gefühl, für irgendetwas qualifiziert zu sein, außer dafür, nicht qualifiziert zu sein. Besonders unqualifiziert komme ich mir vor, wenn ich meine Topfpflanze gieße, die immer kurz davorsteht, einzugehen.

Ist es Ihnen gelungen, Beständigkeit zu erlangen?

Eines Nachmittags ist mir der Kloß den Hals runtergerutscht. Das heißt, ich habe ihn geschluckt. Es hat sich angefühlt, als würde ein leuchtender Stein durch meinen Körper wandern, vorbei an meinem Herzen, bis in mein Allerinnerstes. Ich saß gerade untätig an meinem Schreibtisch. Es war genauso, wie Anna gesagt hat. In dem Moment, in dem ich aufgegeben hatte, wurde mir Beständigkeit gewährt. Als ich keine Erwartungen mehr hatte. Eine Weile war ich so glücklich, ich hätte platzen können wie ein Luftschiff. Eine Weile.

Und wie sind Sie mit den Rückschlägen umgegangen?

Ehrlich gesagt habe ich am Anfang gar nichts gemerkt. Dann sind alle um mich herum älter geworden. Und dann sind alle gestorben. Und als alle tot waren, war ich noch am Leben. Und dann hat sich dieser Gedanke festgesetzt, wie ein neuer Kloß, diesmal ganz hinten in meinem Kopf. Ich hielt mir den Kopf, und dann fing es an, wehzutun. Ich dachte immer, Entfristung bedeutet, dass man so wird wie alle anderen auch. Aber Entfristung bedeutete etwas völlig anderes. Es bedeutete die *totale* Entfristung. Entfristung zur Ewigkeit. Ich wurde krank und sofort wieder gesund. Ich schnitt mir in den Finger und konnte zusehen, wie sich die Wunde wieder schloss.

In Ihrem Lederplaner ist immer wieder die Rede davon, dass Sie sich wie ein Fossil fühlen. Könnten Sie das näher erläutern?

Ich will damit sagen, dass ich ein Fossil *bin*, im buchstäblichen Sinn. Ich bin eine Gesteinsformation, in die sich die verschiedensten Dinge eingeprägt haben, die verschiedensten Wesen und Zeiten. Ich bin ein wandelndes Gedächtnis. Als das Wasser über die Straßen der Stadt geflutet kam und der Wasserspiegel stieg, habe ich mich ab und zu in ein Kanu gesetzt und bin damit durch die Öffnung im oberen Parkdeck gepaddelt. Ich habe nach Anna gesucht, nach anderen Entfristeten wie mir. Aber ich habe weder Anna noch irgendwen sonst gefunden. Und dann bin ich zurück zum Omni Corp Tower gefahren, dessen Spitze der einzige Teil der Stadt war, der nicht unter Wasser stand. Wahnsinn, dass die Sonne weiter untergeht, dass es mich noch immer gibt.

Sind Sie selbst diejenige, die sich die Fragen für dieses Abschlussgespräch ausdenkt?

Ja.

Waren Sie ausreichend vorbereitet auf den Tod?

Es wurde zwar nicht einfacher, aber mit der Zeit konnte ich immer mehr Tod in mich aufnehmen. Als mein Lieblingsfreund starb, war ich nicht tiefer als ein Schrank. Ich hatte nicht genug Platz für die Trauer. Als die Kühe ausstarben, war ich ungefähr so tief wie ein Keller. Als die Menschheit verschwand, war ich so tief wie das Meer.

Die Letzte Aushilfe wohnte im obersten Stockwerk des höchsten Wolkenkratzers einer leeren, überfluteten Stadt. Jeden Morgen ruderte sie in ihrem Kanu die Canal Street entlang, die inzwischen ein richtiger Kanal geworden war, glitt vorüber an den Avenues, und keine Rushhour und keine Staus hielten sie auf. Über den Immobilien-Leichen suchte sie nach Anzeichen von Leben.

Die Letzte Aushilfe war alles andere als eine Aushilfe, alles andere als befristet. Ihre Existenz war entfristet worden, und als Angestellte der Ewigkeit hielt sie Wache, war sie die Vertretung für alles, was nicht mehr existierte. Die Götter hatten längst alles stehen und liegen lassen, geblieben war die Letzte Aushilfe, geblieben waren die Überreste der Welt und die Überreste eines nicht zu Ende gebrachten Jobs. Es oblag ihr nicht, darüber zu urteilen, ob die Menschheit gute Arbeit geleistet hatte. Sie hatte es mitangesehen, das brutale Rückgängiggemachtwerden der Welt, die Abwicklung von der Spule des Geleisteten, den Ruin der Menschen, die Entwirrung des Gewirrs, das Aufklappen der Häuser, wie Papierschwäne, die man flach drückt, die Knoten auf dem Grund des Meeres, aufgelöst zu langen Schnüren, die Klafter um Klafter durch einen Raum treiben, in dem sich einst Zeichen des Daseins verschlungen hatten.

»Es besteht immer die Möglichkeit, dass ich jemanden ans Ufer bringe«, dachte die Letzte Aushilfe, »jemanden wie mich.«

Sie beschwor die Stärke der Ersten Aushilfe, ihrer Mutter, ihrer Großmutter und aller Toten. Wenn sie ihre Augen schloss, war sie stark genug, alle Menschen zu vertreten, alle

Menschen und deren Liebste und deren Feinde und deren feste Freunde und deren Kinder und Arbeitgeber und Ehefrauen und Wärter und Vorgesetzte und Untergebene und Bekannte, Flüchtige, Väter, Verlobte, Bekannte, sogar mich, sogar dich. Sie konnte allen ihre Schuhe stehlen, die Schuhe nie zurückbringen und für immer in den Schuhen dieser Leute stecken.

Auf dem Dach des Wolkenkratzers lauschte sie dem lauen Lüftchen zwischen den Körpern, dem Körper der Letzten Aushilfe, den Körpern aller Menschen, die je gelebt hatten. Die Achse der unendlichen Welt, die Achse ihrer Wirbelsäule, ausgerichtet auf diese, jene, diese. Die Geschichte alles Gewesenen bergen. Etwas, das größer ist, als fortzubestehen. »Das ist das Mindeste, was ich tun kann«, dachte sie, »in eurer Abwesenheit.«

Die Originalausgabe erschien 2020 unter dem Titel
Temporary bei Emily Books, Coffee House Press

Die Arbeit des Übersetzers am vorliegenden Text wurde gefördert
vom Deutschen Übersetzerfonds.

Das Motto ist zitiert aus: Marilynne Robinson, *Haus ohne Halt*,
übersetzt von Sabine Reinhardt-Jost, neu bearbeitet und mit einem
Nachwort von Karen Nölle, edition fünf, Hamburg 2012.

ISBN 978-3-7160-4038-6

Ungekürzte Taschenbuchausgabe
1. Auflage 2022
Umschlaggestaltung: FAVORITBÜRO, München
unter Verwendung zweier Motive von © koya979/Shutterstock,
© Dean Drobot/Shutterstock,
Gesetzt aus der Utopia Std Regular
Satz: Pinkuin Satz und Datentechnik, Berlin
Druck und Bindung: GGP Media GmbH, Pößneck
Printed in Germany

www.arche-verlag.com
www.facebook.com/ArcheVerlag
www.instagram.com/arche_verlag